Classiques Larousse

Collection fondée par Félix Guirand, agrégé des lettres

Molière

Les Précieuses ridicules

comédie

Édition présentée, annotée et commentée
par
DENIS A. CANAL
*ancien élève de l'École normale supérieure
agrégé des lettres*

LAROUSSE

© Larousse 1990. ISBN 2-03-871314-6

Sommaire

Molière et son temps

De Saint-Eustache au Palais-Royal

1622-1642 : tapissier, juriste ou... comédien ?

Le premier enfant de Jean Poquelin et de Marie Cressé, tous deux bourgeois de Paris, est baptisé en l'église Saint-Eustache le 15 janvier 1622. Le père, l'oncle paternel et les deux grands-pères du jeune Jean-Baptiste sont tous marchands tapissiers, solidement établis sur la place et aisés.

Marie Cressé meurt en 1632. Avant d'être en âge de succéder à son père, Jean-Baptiste fait des études soignées jusqu'en 1639 dans l'un des meilleurs établissements parisiens : le collège de Clermont (futur lycée Louis-le-Grand), dirigé par les Jésuites, ordre religieux spécialisé dans l'éducation des jeunes gens de bonne famille.

Jean Poquelin rachète à son frère Nicolas la charge lucrative de « tapissier ordinaire du roi », qu'il destine à Jean-Baptiste. Celui-ci ne montre guère d'enthousiasme pour cet avenir professionnel, et on l'envoie faire des études de droit à Orléans. Il y obtient ses licences en 1642, mais semble surtout s'être passionné pour les milieux libertins (partisans de la liberté d'esprit, souvent critiques et irrévérencieux à l'égard de la religion), avant de subir l'attrait irrésistible du théâtre.

Ces vingt premières années se déroulent pratiquement sous le ministère du cardinal de Richelieu (1624-1642), dont les méthodes autoritaires imposent peu à peu le pouvoir d'un Louis XIII parfois hésitant. Dans le domaine de l'esprit, c'est une période d'effervescence, sur laquelle se détachent les œuvres de Corneille et les réussites de la préciosité (mouvement littéraire et artistique, voir p. 112). Richelieu essaie de mettre aussi de l'ordre dans la vie intellectuelle : création de la

Gazette de France en 1631, fondation de l'Académie française en 1634, « querelle du *Cid* » en 1637.

RECVEIL DES

GAZETTES.
de l'année 1631.

DEDIE' AV ROY.

AVEC VNE PREFACE SERVANT
à l'intelligence des choses qui y sont contenuës.

Et vne Table alphabetique des matieres.

Au Bureau d'Addresse, au grand Coq, ruë de la Calandse,
sortant au marché neuf, prés le Palais à Paris.

M. DC. XXXII.
Auec Priuilege.

La Gazette de Théophraste Renaudot : page de garde du premier recueil. Bibliothèque historique de Paris.

1643-1645 : le choix de la liberté

Ces deux années sont, pour Jean-Baptiste, celles de la rupture
et du scandale. Il renonce devant notaire à la charge de
tapissier, puis se lie avec une comédienne entretenue, Madeleine
Béjart. Avec elle et quelques autres « marginaux », parents et
familiers des Béjart, il fonde, en 1643, une troupe qui prend
le nom pompeux d'Illustre-Théâtre. Un an plus tard,
consommant la rupture avec son père, Jean-Baptiste Poquelin
choisit de se faire appeler Molière. La troupe, dirigée par
Madeleine Béjart, joue en province puis à Paris dans des
conditions précaires.

La catastrophe arrive rapidement : en août 1645, dans
l'incapacité de payer les chandelles qui servaient alors à éclairer
la scène, l'Illustre-Théâtre est en faillite et Molière passe
quelques jours en prison pour dettes. Lorsqu'il en sort, la
troupe part tenter sa chance en province : c'est le début d'un
long voyage...

Une troupe de comédiens ambulants au XVIIe siècle.
Gravure de Cornelis De Waël (détail). B.N., Paris.

1645-1658 : de Paris à Paris, en passant par la France

Les trois Béjart et Molière partent sur les routes du Sud-Ouest. Le duc d'Épernon, gouverneur de la province de Guyenne, les prend sous sa protection : il leur verse pension et les intègre à la troupe d'un certain Dufresne qu'il patronne. La troupe de comédiens ambulants se déplace au gré des occasions de spectacle, dans une France troublée, où il faut à tout prix plaire au public si l'on veut manger.

À la protection du duc d'Épernon (1645-1653) succède, de 1653 à 1657, celle du prince de Conti, gouverneur de la province du Languedoc. Molière prend alors la direction de la troupe, dont la situation semble s'améliorer dès 1655. Il se met à écrire quelques farces pour compléter le répertoire des acteurs, composé des tragédies à la mode, essentiellement celles de Corneille. Surtout, il accumule les observations et les expériences dont il nourrira plus tard ses créations. Le prince de Conti, devenu dévot (d'une religiosité extrêmement scrupuleuse) en 1657, exècre à présent le théâtre, œuvre du démon, et la troupe se retrouve sans protecteur officiel. Pourtant, forte de l'expérience acquise, elle revient à Paris en 1658.

Les difficultés vécues par Molière durant ces treize années ont eu pour toile de fond une France elle-même très instable. Délivrés en 1642 d'un Richelieu qu'ils détestaient, puis en 1643 d'un Louis XIII qu'ils n'aimaient guère, la noblesse et les parlements du royaume ont cru pouvoir récupérer les prérogatives rognées peu à peu par le pouvoir royal. C'est dire qu'ils ont très mal accueilli la régence d'Anne d'Autriche et le ministère de Mazarin, qui semblent vouloir, eux aussi, renforcer l'absolutisme. Pamphlets et libelles (voir p. 139) se déchaînent, d'autant plus que la France est engagée à l'extérieur dans un conflit européen qui impose de lourds sacrifices : la guerre de Trente Ans. Le pouvoir manque d'être balayé par les différentes Frondes, véritables révoltes ouvertes des parlements, puis des grands du royaume, contre l'autorité royale. Il faut attendre 1652 pour que Mazarin triomphe des dernières difficultés et impose la monarchie absolue. Le pouvoir est désormais dans les mains du roi et de ceux qui le servent.

1658-1661 : la gloire et l'établissement

Molière, conscient des réalités de son temps et des besoins de sa troupe, frappe aux bonnes portes dès son retour à Paris. En octobre 1658, la troupe, désormais patronnée par « Monsieur, frère unique du roi », joue devant Louis XIV, qui n'a que vingt ans, et toute la Cour. Molière remporte un double succès : comme acteur comique et comme auteur d'un divertissement composé naguère pour les tournées provinciales : *le Docteur amoureux*. Le roi, ravi, permet à la Troupe de Monsieur de partager avec les Italiens la salle du Petit-Bourbon, imposant ainsi les comédiens de Molière comme concurrents des autres troupes parisiennes (Italiens, Hôtel du Marais et Hôtel de Bourgogne).

Deux nouvelles pièces confirment le succès grandissant de la troupe de Molière et de leur auteur : *l'Étourdi* et *le Dépit amoureux*. En novembre 1659, enfin, *les Précieuses ridicules* — données initialement en complément de programme à une représentation de *Cinna,* de Corneille — consacrent le triomphe du nouveau venu et connaissent un succès éclatant, avivé par les polémiques virulentes que la pièce suscite. *Sganarelle ou le Cocu imaginaire,* puis *l'École des maris* et *les Fâcheux* installent définitivement Molière dans le succès. La troupe établit ses quartiers dans la salle du Palais-Royal pour le 39e anniversaire de son directeur.

Par un hasard historique dont Molière profite peut-être, son ascension et son établissement sont parallèles à ceux du jeune roi. La paix des Pyrénées consacre en 1659 la primauté et la gloire françaises en Europe : c'est peu après que Louis XIV se fait représenter plusieurs fois *les Précieuses ridicules,* qui lui plaisent fort.

Entrevue de Louis XIV et de Philippe IV dans l'île des Faisans
(7 juin 1660) pour conclure le mariage avec Marie-Thérèse.
Cette union permettra de maintenir longtemps
la paix avec l'Espagne.
Détail d'un tableau de Laumasnier. Musée de Tessé, Le Mans.

Enfin, en 1661, la mort de Mazarin marque le début du règne personnel du roi : il a 23 ans. Molière lui dédie la comédie des *Fâcheux* (dont le roi lui-même a inspiré une scène) : « ... je crois qu'en quelque façon, ce n'est pas être inutile à la France que de contribuer quelque chose au divertissement de son roi ». Malgré les querelles et les cabales (campagnes de dénigrement calomnieux) qui suivront, on peut dire que le soutien du roi restera acquis à Molière pendant les douze années qui lui restent à vivre.

Du Palais-Royal à Saint-Eustache

1662

Molière se marie avec Armande Béjart, sœur ou fille (?) de Madeleine ; cette naissance obscure suscita alors bien des commentaires malveillants : certains accusèrent Molière d'avoir épousé son propre enfant ! La même année, il fait jouer *l'École des femmes :* l'immense succès de cette pièce déclenche les jalousies des troupes rivales qui entraînent critiques et dévots dans une polémique avec Molière et ses partisans.

1664

Le premier enfant de Jean-Baptiste et d'Armande a pour parrain Louis XIV, signe éclatant de la faveur royale. Molière est l'ordonnateur des fêtes de « l'Île enchantée » à Versailles, au cours desquelles, avec d'autres œuvres mineures, il donne les trois premiers actes du *Tartuffe,* immédiatement interdit à Paris sous la pression du parti dévot.

1665

Pris de court par cette interdiction, Molière écrit rapidement *Dom Juan* pour faire vivre sa troupe. Le cinquième acte de cette pièce est toutefois un pamphlet virulent contre la cabale qui a fait interdire *le Tartuffe*. La faveur royale se maintient : Louis XIV fait inscrire la troupe, sous le nom de « Troupe du roi », sur la liste de ses pensions. Mais Molière doit retirer *Dom Juan* de l'affiche au bout de quinze représentations : les dévots ne désarment pas. La même année, il donne *l'Amour médecin* et se brouille avec Racine qui entraînera avec lui sa maîtresse, l'une des actrices de Molière, dans la troupe rivale de l'Hôtel de Bourgogne.

1666
C'est l'année de la maladie (deux mois d'arrêt d'activité pour Molière) mais tout de même celle du *Misanthrope* et du *Médecin malgré lui,* une farce dont le succès compense le demi-échec du *Misanthrope.*

1667
Les fêtes royales de Saint-Germain, supervisées par Molière depuis la fin de l'année précédente, sont pour lui l'occasion de tenter une nouvelle version du *Tartuffe.* Bien qu'il en approuve le propos, car les dévots représentent à terme un véritable danger pour l'État, Louis XIV est obligé de capituler devant la nouvelle cabale. La pièce est interdite à nouveau, dès le lendemain de sa représentation.

1668
Trois pièces nouvelles pour compenser l'absence de rentrées d'argent due à l'interdiction du *Tartuffe : Amphitryon, George Dandin* et *l'Avare,* les deux premières ayant été suggérées par le roi.

1669
Le Tartuffe est enfin autorisé dans sa version définitive : c'est un énorme succès. Molière est plus que jamais dans les faveurs du monarque, qui lui commande de multiples divertissements et comédies-ballets — en association avec Lulli — pour les diverses fêtes de la Cour.

1670-1671
Ce « service du roi » est ainsi marqué par plusieurs œuvres, dont *le Bourgeois gentilhomme* (1670) et *Psyché* (1671). *Les*

Fourberies de Scapin, en 1671, montrent que Molière n'a pas oublié la farce, toujours appréciée de son public ; mais l'œuvre semble n'avoir rencontré qu'un demi-succès.

1672

Les deuils et les revers commencent à frapper Molière : Madeleine Béjart meurt en janvier, le troisième enfant d'Armande en octobre. Les procès s'accumulent, et les intrigues de Lulli le privent peu à peu de la faveur du roi. Seule consolation éphémère : le succès, passager, des *Femmes savantes,* sur un thème particulièrement cher à l'auteur, la place des femmes dans la société.

1673

La santé de Molière se dégrade toujours plus. Il meurt après la quatrième représentation du *Malade imaginaire,* à la suite d'un malaise qui l'a pris en scène, le 17 février. Ses proches réussissent à le faire enterrer chrétiennement, mais de nuit, dans le cimetière d'une paroisse auxiliaire de Saint-Eustache, église de son baptême, malgré la rancune tenace et les intrigues du parti dévot.

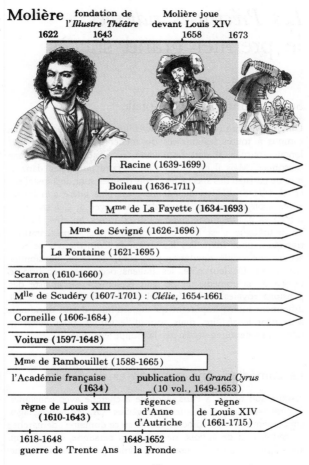

Molière fondation de   Molière joue
l'*Illustre Théâtre*   devant Louis XIV
1622   1643   1658   1673

Racine (1639-1699)

Boileau (1636-1711)

Mme de La Fayette (**1634-1693**)

Mme de Sévigné (1626-1696)

La Fontaine (1621-1695)

Scarron (1610-1660)

Mlle de Scudéry (1607-1701) : *Clélie*, 1654-1661

Corneille (1606-1684)

Voiture (**1597-1648**)

Mme de Rambouillet (1588-1665)

l'Académie française   publication du *Grand Cyrus*
(**1634**)   (10 vol., 1649-1653)

règne de Louis XIII (1610-1643)	régence d'Anne d'Autriche	règne de Louis XIV (1661-1715)

1618-1648   1648-1652
guerre de Trente Ans   la Fronde

13

Les Précieuses ridicules, le premier grand succès

Se faire une place au soleil

Lorsque Molière rentre à Paris, avec une troupe de comédiens rompus à toutes les finesses du métier et aguerris par leur longue tournée, il doit faire vivre — lui compris — onze personnes. Mais il est difficile de se faire une place dans le monde parisien des spectacles. Trois troupes sont déjà installées et, si celle de l'Hôtel du Marais n'est plus guère à redouter après avoir connu son heure de gloire avec *le Cid* en 1636, il n'en va pas de même avec les deux autres. En effet, l'Hôtel de Bourgogne s'est fait une spécialité des représentations tragiques, pour lesquelles les « Grands Comédiens » se sont acquis une solide réputation ; ils sont, du reste, pensionnés par le roi. De leur côté, les Italiens occupent avec brio le terrain de la comédie, et ils sont également sur la liste des pensions royales. Enfin, le public potentiel des théâtres est infiniment moins important qu'aujourd'hui : il faut donc non seulement le séduire, mais surtout le garder, pour éviter le retour des déboires vécus par la troupe en 1645.

La comédie : une vocation et un choix

Jusqu'à son retour à Paris, Molière a cherché avec constance à s'imposer comme acteur de tragédies. Or, les témoignages concordent sur ses médiocres talents en ce domaine : démarche, tournure, port de la voix, rien, dans sa personne, ne convient aux rôles tragiques. En revanche, comme auteur tout comme

14

acteur de farces (qui s'affineront en comédies sans jamais renier leur origine), Molière a toujours été bien accueilli par le public, on dirait presque « malgré lui ».

Cette vocation de tragédien, contrariée par sa propre nature, va le mettre sur la voie du succès. Les premières pièces qu'il écrit contribuent à assurer l'aisance matérielle de la troupe durant les tournées provinciales : ce sont des farces et de petites comédies. La confirmation éclatante (et le début de la fortune officielle) vient le 24 octobre 1658. Jouant au Louvre devant le roi et la Cour, Molière est très froidement accueilli comme metteur en scène et comédien dans *Nicomède* de Corneille, mais il provoque l'enthousiasme avec *le Docteur amoureux,* petite comédie-farce dont il est l'auteur et l'acteur principal. Molière n'a plus à hésiter ; même le roi et la Cour apprécient sa vocation d'auteur et d'acteur comiques, il faut continuer dans cette voie : créer des comédies. Et qu'importe si ce genre théâtral n'a pas encore ses « lettres de noblesse » littéraires !

La préciosité, un sujet à la mode

Une fois défini le genre, il restait à trouver un sujet et c'était un peu la quadrature du cercle pour un auteur nouveau. Comment ne pas se laisser enfermer dans la farce sans pour autant renoncer aux effets qu'elle permettait et aux succès qu'elle procurait ? Comment plaire à la Cour sans déplaire à la ville, et vice versa ? Quel thème pourrait bien satisfaire les beaux esprits et les amateurs éclairés sans être étranger à ces classes populaires qui avaient assuré les ressources de la troupe pendant les années difficiles ?

La préciosité était dans l'air du temps (voir page 112). Née au début du siècle, en réaction contre une certaine grossièreté des mœurs, animée par des préoccupations morales, intellectuelles et esthétiques de haute tenue, elle avait dégénéré, à partir de 1650, en une affectation excessive des manières, du langage et des sentiments qui prêtait de plus en plus le flanc à la critique.

Molière n'était certes pas le premier à s'attaquer à ces manies ridicules. Mais critiquer des provinciales s'efforçant maladroitement d'imiter des Précieuses parisiennes lui donnait une occasion rêvée de plaire à Paris. Même si on peut voir là quelque facilité, il ne faut pas oublier que, à l'époque, c'était le public de la capitale qu'il fallait conquérir. Le succès vint couronner l'audace de l'auteur : les recettes moyennes du Petit-Bourbon se montaient à 200 livres. Elles doublèrent, puis furent multipliées par sept avec *les Précieuses ridicules*. Molière avait gagné son pari.

Le beau séjour des cinq sens.
Détail d'une gravure d'Abraham Bosse (1602-1676). B.N., Paris.
Le « conseiller des grâces » est déjà présent...

16

Les personnages,
par ordre d'entrée
en scène

À l'exception d'un seul, les personnages des *Précieuses ridicules* vont par couples. Cela permet à Molière de varier les effets de symétrie et de décalage, d'écho et de rupture (voir p. 117).

Les deux prétendants

Du Croisy et La Grange représentent (sous leurs vrais noms d'acteurs, gardés par Molière, comme c'est la coutume dans les farces traditionnelles) deux jeunes gentilshommes de bon ton et de bonne mine. Ils ne sont présents que dans quatre scènes sur dix-sept, mais leur rôle est déterminant dans l'action.

Gorgibus, le seul solitaire de la pièce

C'est un « bon bourgeois » (le premier dans l'œuvre de Molière) réaliste, économe, un peu épais, au solide bon sens, récemment installé à Paris. Il ne rêve que d'une chose pour avoir enfin la paix chez lui : se débarrasser de sa fille Madeleine (diminutif Magdelon) et de sa nièce Catherine (diminutif Cathos) en les mariant à deux « gentilshommes » qu'il a pressentis, La Grange et Du Croisy. Devant les rebuffades des deux jeunes filles, il n'a de ressource que dans la colère et l'autoritarisme.

Les serviteurs des Précieuses

Marotte, la servante, et Almanzor, le laquais, sont tous deux issus du peuple le plus simple et écorchent le français. Ils se montrent absolument imperméables aux raffinements de culture que voudraient leur inculquer leurs maîtresses, ce qui est la source de maints effets comiques de langage et de situation.

Magdelon et Cathos, les « Précieuses ridicules »

Elles refusent de se laisser marier par leur père et oncle contre leur gré, ce qui les rendrait plutôt sympathiques *a priori*. Mais les raisons de ce refus n'ont rien à voir avec l'autonomie et le désir de liberté : méprisant le conformisme petit-bourgeois et provincial de Gorgibus, elles sont en réalité esclaves d'un autre conformisme, celui de la préciosité et de ses codes. Magdelon rêve d'amours galantes éternelles et a acquis une certaine culture dans ce domaine, grâce à ses lectures. Cathos, moins intelligente, se satisfait des apparences de la galanterie. Toutes deux seront victimes d'elles-mêmes et de leurs fantasmes d'ascension sociale, auxquels se mêlent des rivalités, plus matérielles, entre héritière légitime et nièce en tutelle.

Vicomte et marquis de pacotille

Mascarille et Jodelet sont en réalité les serviteurs respectifs de La Grange et de Du Croisy. Grimés en « hommes de qualité » par leurs maîtres, ils sont introduits chez les deux jeunes « Précieuses » novices sous les noms mirifiques de « marquis de Mascarille » et de « vicomte de Jodelet ». Ils les éblouissent aisément par une imitation burlesque des manières et du parler précieux. Pour ces deux personnages, Molière a utilisé deux caractères de la farce traditionnelle, l'un créé et interprété

JODELET

Dans la farce & la comedie
Jodelet par sa raillerie
ses bons motz sa naifueté

Nous charme si bien les oreiles,
Au recit de tant de merueilles,
Que chascun pense estre enchanté

Jodelet, l'« enfariné » de la farce traditionnelle.
Gravure anonyme du XVIIᵉ siècle (détail).
Coll. Rondel, bibliothèque de l'Arsenal, Paris.

par lui-même dans ses tournées provinciales , Mascarille (dont le nom vient de l'italien *maschera,* masque), l'autre, Jodelet, venu avec son vrai nom de la troupe de l'Hôtel du Marais et spécialiste des rôles bouffons d'« enfariné » (acteur qui se poudrait le visage de farine avant d'entrer en scène pour y recevoir généralement force coups de bâton sous divers prétextes). Mascarille est, dans ce tandem comique, l'homme d'esprit habile aux belles paroles ; Jodelet, l'homme d'action qui se vante de sa bravoure et dont les blessures parlent pour lui.

L'action dans
les Précieuses ridicules

Pièce courte d'une heure environ, souvent donnée en « lever de rideau » de nos jours, *les Précieuses ridicules* ne comportent pas d'actes, contrairement aux grandes comédies que Molière écrira ensuite, mais une succession rapide de 17 scènes.

La préciosité a ses raisons que la raison ne connaît pas...

La Grange et Du Croisy, futurs époux choisis par Gorgibus, viennent d'être éconduits par les deux Précieuses. Ils projettent de se venger des jeunes « pecques provinciales », grâce au valet de La Grange, « nommé Mascarille ». Gorgibus croise les deux jeunes gentilshommes qui s'apprêtent à sortir et apprend leur déconvenue. Il fait venir aussitôt les deux coupables, tout en grognant contre leurs lubies cosmétiques et leurs dépenses (sc. 1 à 3).

La scène 4 oppose Magdelon et Cathos à Gorgibus : c'est un choc frontal, à propos du mariage, entre le monde de la préciosité et celui du réalisme bourgeois. Restées seules après le départ de Gorgibus, qui les a quittées en les menaçant du couvent, Magdelon et Cathos s'abandonnent à leurs rêves romanesques, où elles en viennent à renier leurs origines (sc. 5).

Suit une transition rapide, dans laquelle Marotte vient annoncer la visite d'un certain « marquis de Mascarille ». Ravissement et affolement des Précieuses, qui se préparent en hâte à cette visite (sc. 6).

De la parodie à la farce

Entrée fracassante du prétendu marquis de Mascarille (sc. 7 et 8), puis conversation à trois avec Magdelon et Cathos (sc. 9) : sous couvert de préciosité, Mascarille débite des platitudes et des énormités ampoulées auxquelles les deux provinciales, ravies, essaient de répondre par les phrases codées convenables pour des Précieuses. Elles rivalisent également pour capter l'attention du prétendu marquis et la conversation devient galante. La scène 10 est une deuxième scène de transition : Marotte vient annoncer une nouvelle visite, celle du vicomte de Jodelet. Ravissement du marquis de Mascarille, pour qui le vicomte est un vieil ami. Les Précieuses sont étourdies de leur succès auprès du « beau monde ».

Les scènes 11 et 12, rythmées par les chassés-croisés de la conversation à quatre, passent rapidement du comique à la farce, grâce aux exploits guerriers dont se vantent les deux valets déguisés. Puis un bal burlesque unit les couples qui n'ont pas tardé à se former par « affinités électives » : Mascarille - Magdelon, Jodelet - Cathos.

Retour à la réalité : déconfiture des Précieux

Sur ces entrefaites, coup de théâtre (sc. 13) : La Grange et Du Croisy font irruption dans la salle et accablent leurs valets d'injures et de coups de bâton, à la stupéfaction générale des danseurs. Le dénouement rapide (sc. 14 à 17) culmine dans la farce la plus endiablée. Sous la menace de sbires armés, La Grange et Du Croisy font quitter leurs habits d'emprunt à Mascarille et Jodelet qui, à demi nus, effectuent la sortie la plus digne dont ils soient capables ; Magdelon et Cathos sombrent dans la confusion et le dépit. Gorgibus arrive avec le mot de la fin pour envoyer le galimatias précieux « à tous les diables ». Un véritable tourbillon clôt ainsi la pièce.

La préciosité : un moyen de se distinguer

Comme tout mouvement social, quelle qu'en soit l'époque, la préciosité vit d'un certain nombre de codes que ses adeptes doivent respecter pour être reconnus comme tels. Costume, langage, comportement amoureux permettent aux Précieux de se distinguer des autres, comme les membres d'une secte.

Maquillage, coiffure, costume

Le premier code, le plus évident, est celui de l'apparence personnelle, à laquelle Précieux et Précieuses apportent une attention toute particulière. Maquillage et « pommades » (sc. 3 et 4), coiffure (sc. 6 et 9) et surtout vêtements (sc. 9) sont les accessoires essentiels des élégants à la mode. Les Précieux exagèrent à plaisir les tendances de la mode : dépenses fastueuses pour les « produits de beauté » (sc. 3), pour les plumes et les rubans du chapeau (sc. 9), ampleur des canons (pièces de tissu attachées sous les genoux), surchargés de dentelles (sc. 4 et 9), etc. Tout doit être, bien sûr, de la « bonne faiseuse » et porter la griffe des plus grands maîtres (sc. 9).

Un langage pour initiés

Dans le domaine du langage, certaines formes sont requises, d'autres bannies, permettant aux Précieux d'éviter d'être confondus avec la masse et ses modes de vie. Le refus du concret se manifeste par l'abus des expressions et des mots abstraits (« faire estime de... », « règle », « raison », « procédé », etc.), des adjectifs substantivés (« le doux », « le tendre », « le vrai », etc.), des termes vagues (comme « chose »). Le refus de l'ordinaire et du commun se traduit par une recherche affectée des images souvent incohérentes : périphrases obscures (« les commodités de la conversation », « le conseiller des grâces », etc.), métaphores étranges, empruntées aux vocabulaires spécialisés (religieuse, comme « un jeûne effroyable de divertissements » ; médicale, comme la « veine poétique », etc.), personnifications insolites (« un habit qui souffre une indigence de rubans »).

Le Précieux et la Précieuse auront aussi soin de multiplier les expressions superlatives (« le plus beau du monde »), les adverbes d'intensité (« terriblement », « furieusement », « effroyablement », « particulièrement », « diablement », etc.) détournés de leur sens comme le sont les adjectifs « dernier », « furieux », etc., vraiment accommodés de mille manières. Les euphémismes, les sous-entendus, l'incessante utilisation des mots à la mode (« air », « esprit », « joli »...), ainsi que les néologismes (« pommade », « bravoure », « incontestable »), complètent cette panoplie des artifices langagiers dont le dénominateur commun pourrait être, par-dessus tout, le refus du vulgaire.

Des amours hors du commun

Ce même refus de la vulgarité se retrouve, au plus haut degré, dans la recherche amoureuse et son expression : tout peut être dit à condition d'être conforme au code galant. Suivant les « modes d'emploi » régulièrement donnés par les romans à la mode, comme celui que Magdelon récite si bien dans la scène 4 (lignes 31 à 61), l'amour doit obéir à un déroulement minutieusement réglé, où l'un et l'autre partenaire auront plaisir à reconnaître les points de passage obligés, les variantes subtiles, le bon goût et le bon ton de leurs entreprises.

Femme de qualité à sa toilette.
Détail d'une gravure d'Arnoult
... où l'on retrouve le conseiller des grâces.

La Carte de Tendre (voir p. 123) est le sésame de ces longs parcours alambiqués (sc. 4), qui font de la recherche amoureuse une véritable quête initiatique, héritière des romans de chevalerie et de l'amour courtois. Malheur à ceux qui s'écarteront de ces chemins « aventureux » : la platitude, l'ennui, la vulgarité des amours « bourgeoises », conclues par des mariages arrangés, guettent ceux qui trahissent l'idéal de la « fine amor ».

Lexique précieux-français

air *(n. m.)* : manières ; « le bel air » ou « le bon air des choses » : les bonnes manières.

âmes des pieds : violons.

antipode *(n. m.)* : contraire.

assaisonner *(v. tr.)* : être mêlé avec.

attacher la réflexion de l'odorat : sentir.

bourgeois *(adj.)* : vulgaire, commun, petit.

brutalité *(n. f.)* : les mauvaises conditions ; « la brutalité de la saison » : le mauvais temps.

bureau *(n. m.)* : magasin.

cadeau *(n. m.)* : partie de campagne, avec goûter, offerte à une dame.

chose *(n. f.)* : équivalent, au pluriel, des notions les plus variées, selon le contexte.

commodités de la conversation : fauteuils.

conditionné *(adj.)* : composé, arrangé, conçu.

congruant *(adj.)* : convenable, assorti à.

conseiller des grâces : miroir.

considérer *(v. tr.)* : estimer, apprécier.

délicatesse *(n. f.)* : raffinement, choix.

dépense *(n. f.)* : prodigalité ; « faire une grande dépense en... » : être prodigue de.

dernier *(adj.)* : extrême ; « cela est du dernier bourgeois » : cela est extrêmement vulgaire.

désarmé *(adj.)* : dépourvu de.

donner dans, sur *(v. intr.)* : se précipiter sans réfléchir.

doux *(n. m., adj. substantivé)* : la douceur.

essence *(n. f.)* : principe fondamental ; « être de l'essence de » : faire partie des principes fondamentaux.

être en commodité de : être susceptible de, pouvoir.

faire estime de : estimer.

fin *(n. m., adj. substantivé)* : le degré extrême.

forme *(n. f.)* : l'esprit.

franchise *(n. f.)* : liberté, absence d'attache amoureuse.

frugalité *(n. f.)* : sobriété excessive.

furieusement *(adv.)* : beaucoup, très. Adverbe d'intensité à l'emploi très souple et très fréquent.

galanterie *(n. f.)* : tout ce qui touche au domaine amoureux, selon le contexte.

incongru *(adj.)* : non convenable, non conforme (sens courant à l'époque : non conforme à la grammaire ; le sens précieux est passé dans la langue d'aujourd'hui).

infidélité *(n. f.)* : changement d'inspiration dans la cour amoureuse.

insulte *(n. f.)* : dommage, tort plus ou moins grand.

irrégulier *(adj.)* : non conforme à la règle, à la norme ou aux usages.

jeûne *(n. m.)* : manque.

jouissance *(n. f.)* : amour heureux, sans connotation physique.

marchand *(adj.)* : vulgaire.

matière *(n. f.)* : le corps.

nécessaire *(n. m., adj. substantivé)* : valet, laquais.

passionné *(n. m., adj. substantivé)* : sentiment passionné, passion.

petite-oie : ensemble des accessoires du costume.

posté *(adj.)* : placé.

pousser *(v. tr.)* : exprimer en paroles ou par écrit.

prud'homie *(n. f.)* : loyauté.

respirer *(v. tr.)* : sentir.

retranchement *(n. m.)* : défense, protection.

roman *(n. m.)* : histoire d'amour.

ruelle *(n. f.)* : partie de la chambre, le long du lit, où les Précieuses recevaient leurs invités.

sans doute *(loc. adv.)* : assurément, à coup sûr.

spirituel *(adj.)* : consacré à l'esprit et à ses activités, intellectuel.

sublime *(n. m., adj. substantivé)* : le cerveau.

surcroît *(n. m.)* : adjonction, supplément.

sympathiser *(v. intr.)* : sens moderne (néologisme précieux, fixé dans notre langue courante).

tendre *(n. m., adj. substantivé)* : tendresse ; « avoir un tendre pour » : éprouver de la tendresse pour, aimer.

terriblement *(adv.)* : beaucoup, très. Synonyme de « furieusement ».

uni *(adj.)* : sans ornements.

visite *(n. f.)* : entretien galant, visite amoureuse.

voiturer *(v. tr.)* : apporter, transporter.

vrai *(n. m., adj. substantivé)* : la vérité.

Molière, portrait anonyme du XVIIᵉ siècle.
Musée des Arts décoratifs, Paris.

MOLIÈRE

Les Précieuses ridicules

comédie
représentée pour la première fois
le 18 novembre 1659

Préface

C'est une chose étrange qu'on imprime les gens malgré eux[1]. Je ne vois rien de si injuste, et je pardonnerais toute autre violence plutôt que celle-là.

Ce n'est pas que je veuille faire ici l'auteur modeste, et mépriser, par honneur[2], ma comédie. J'offenserais mal à propos tout Paris, si je l'accusais d'avoir pu applaudir à une sottise. Comme le public est le juge absolu de ces sortes d'ouvrages, il y aurait de l'impertinence à moi de le démentir ; et, quand j'aurais eu la plus mauvaise opinion du monde de mes *Précieuses ridicules* avant leur représentation, je dois croire maintenant qu'elles valent quelque chose, puisque tant de gens ensemble en ont dit du bien. Mais, comme une grande partie des grâces qu'on y a trouvées dépendent de l'action[3] et du ton de voix, il m'importait qu'on ne les dépouillât pas de ces ornements ; et je trouvais que le succès qu'elles avaient eu dans la représentation était assez beau pour en demeurer là. J'avais résolu, dis-je, de ne les faire voir qu'à la chandelle, pour ne point donner lieu à quelqu'un de dire le proverbe[4] ; et je ne voulais pas qu'elles sautassent du théâtre de Bourbon dans la galerie du Palais[5]. Cependant je

---

1. *Malgré eux* : une première édition « pirate » de la pièce était parue sans l'autorisation de Molière.
2. *Par honneur* : pour défendre ma réputation d'auteur.
3. *De l'action* : du jeu des acteurs.
4. *Dire le proverbe* : allusion au dicton alors usité sur la beauté des femmes, « cette femme est belle à la chandelle, mais le jour gâte tout ».
5. *La galerie du Palais* : beaucoup de libraires-éditeurs tenaient boutique dans les galeries du Palais de Justice, près de la Sainte-Chapelle, à Paris.

n'ai pu l'éviter, et je suis tombé dans la disgrâce de voir une copie dérobée de ma pièce entre les mains des libraires, accompagnée d'un privilège obtenu par surprise[1]. J'ai eu beau crier : Ô temps ! ô mœurs ! on m'a fait voir une nécessité pour moi d'être imprimé, ou d'avoir un procès ; et le dernier mal est encore pire que le premier. Il faut donc se laisser aller à la destinée, et consentir à une chose qu'on ne laisserait pas de[2] faire sans moi.

Mon Dieu ! l'étrange embarras qu'un livre à mettre au jour, et qu'un auteur est neuf[3] la première fois qu'on l'imprime ! Encore si l'on m'avait donné du temps, j'aurais pu mieux songer à moi, et j'aurais pris toutes les précautions que messieurs les auteurs, à présent mes confrères, ont coutume de prendre en semblables occasions. Outre quelque grand seigneur que j'aurais été prendre malgré lui pour protecteur[4] de mon ouvrage, et dont j'aurais tenté la libéralité[5] par une épître dédicatoire bien fleurie, j'aurais tâché de faire une belle et docte préface ; et je ne manque point de livres qui m'auraient fourni tout ce qu'on peut dire de savant sur la tragédie et la comédie, l'étymologie de toutes deux, leur origine, leur définition et le reste.

J'aurais parlé aussi à mes amis, qui, pour la recommandation de ma pièce, ne m'auraient pas refusé, ou des vers français, ou des vers latins. J'en ai même qui m'auraient loué en grec, et l'on n'ignore pas qu'une louange en grec est d'une

---

1. *Obtenu par surprise* : le libraire Ribou avait effectivement reçu l'autorisation officielle de publier.
2. *On ne laisserait pas de...* : on n'hésiterait pas à...
3. *Neuf* : inexpérimenté, novice.
4. *Prendre malgré lui pour protecteur* : les auteurs de l'époque avaient alors l'habitude de dédier leur pièce à quelque haut personnage par une sorte de lettre, une épître.
5. *Tenté la libéralité* : éprouvé la générosité.

merveilleuse efficace[1] à la tête d'un livre. Mais on me met au jour sans me donner le loisir de me reconnaître ; et je ne puis même obtenir la liberté de dire deux mots pour justifier mes intentions sur le sujet de cette comédie. J'aurais voulu faire voir qu'elle se tient partout dans les bornes de la satire honnête et permise ; que les plus excellentes choses sont sujettes à être copiées par de mauvais singes qui méritent d'être bernés[2] ; que ces vicieuses imitations de ce qu'il y a de plus parfait ont été de tout temps la matière de la comédie ; et que, par la même raison, les véritables savants et les vrais braves ne se sont point encore avisés de s'offenser du Docteur[3] de la comédie, et du Capitan ; non plus que les juges, les princes et les rois, de voir Trivelin, ou quelque autre, sur le théâtre, faire ridiculement le juge, le prince ou le roi : aussi les véritables précieuses auraient tort de se piquer[4], lorsqu'on joue les ridicules qui les imitent mal. Mais enfin, comme j'ai dit, on ne me laisse pas le temps de respirer, et M. de Luyne[5] veut m'aller relier[6] de ce pas : à la bonne heure, puisque Dieu l'a voulu.

---

1. *Efficace :* efficacité.
2. *Bernés :* tournés en dérision.
3. *Docteur, Capitan, Trivelin :* personnages de la commedia dell'arte, respectivement types du pédant grotesque, du soldat fanfaron et de l'escroc rusé.
4. *Se piquer :* se vexer.
5. *M. de Luyne :* le libraire-éditeur de Molière.
6. *Relier :* tous les livres paraissent en édition reliée au XVIIe siècle.

Madeleine Béjart dans le rôle de Magdelon.
« Souvenir du Jardin de la noblesse française »,
peinture sur marbre, d'Abraham Bosse (1602-1676).
Coll. Kugel, B.N., Paris.

Personnages

La Grange ⎫
Du Croisy ⎰ *amants rebutés*[1].

Gorgibus, *bon bourgeois.*

Magdelon[2], *fille de Gorgibus, Précieuse ridicule.*

Cathos[3], *nièce de Gorgibus, Précieuse ridicule.*

Marotte[4], *servante des Précieuses ridicules.*

Almanzor[5], *laquais des Précieuses ridicules.*

Le marquis de Mascarille, *valet de La Grange.*

Le vicomte de Jodelet, *valet de Du Croisy.*

Deux porteurs de chaise.

Voisines.

Violons.

La scène est à Paris, dans une salle basse
de la maison de Gorgibus.

---

1. *Amants rebutés* : amoureux éconduits.
2. *Magdelon* : se prononce Madelon. Diminutif de Madeleine (Madeleine Béjart tenait le rôle).
3. *Cathos* : se prononce Cathau. Diminutif de Catherine, prénom de l'actrice De Brie, qui jouait le personnage.
4. *Marotte* : diminutif familier probable de Marie, prénom de Mlle Ragueneau, titulaire du rôle.
5. *Almanzor* : prénom à consonance orientale, emprunté au roman d'un Précieux des années 1630.

SCÈNE PREMIÈRE. LA GRANGE, DU CROISY.

DU CROISY.   Seigneur La Grange...

LA GRANGE.   Quoi ?

DU CROISY.   Regardez-moi un peu sans rire.

LA GRANGE.   Eh bien ?

5 DU CROISY.   Que dites-vous de notre visite[1] ? en êtes-vous
fort satisfait ?

LA GRANGE.   À votre avis, avons-nous sujet de l'être tous
deux ?

DU CROISY.   Pas tout à fait, à dire vrai.

10 LA GRANGE.   Pour moi, je vous avoue que j'en suis tout
scandalisé. A-t-on jamais vu, dites-moi, deux pecques[2]
provinciales faire plus les renchéries[3] que celles-là, et deux
hommes traités avec plus de mépris que nous ? À peine ont-
elles pu se résoudre à nous faire donner des sièges. Je n'ai
15 jamais vu tant parler à l'oreille qu'elles ont fait[4] entre elles,
tant bâiller, tant se frotter les yeux, et demander tant de
fois : « Quelle heure est-il ? » Ont-elles répondu que[5] oui et
non à tout ce que nous avons pu leur dire ? Et ne m'avouerez-
vous pas enfin que, quand nous aurions été[6] les dernières
20 personnes du monde, on ne pouvait nous faire pis qu'elles
ont fait ?

DU CROISY.   Il me semble que vous prenez la chose fort à
cœur.

---

1. *Visite* : ici, la visite amoureuse de prétendants venus faire leur cour.
2. *Pecques* : mot populaire pour désigner des femmes sottes et
prétentieuses, des pécores.
3. *Renchéries* : qui s'estiment à très haut prix, hautaines, dédaigneuses.
4. *Qu'elles ont fait* : l'absence de « l' » devant « on » — pour reprendre
« parler à l'oreille », ici — est normale dans la grammaire de l'époque.
5. *Que* : autre chose que.
6. *Quand nous aurions été* : même si nous avions été.

LA GRANGE.   Sans doute[1], je l'y prends[2], et de telle façon,
25 que je veux me venger de cette impertinence[3]. Je connais ce
qui nous a fait mépriser. L'air précieux n'a pas seulement
infecté Paris, il s'est aussi répandu dans les provinces, et nos
donzelles[4] ridicules en ont humé leur bonne part. En un mot,
c'est un ambigu[5] de précieuse et de coquette que leur personne.
30 Je vois ce qu'il faut être pour en être bien reçu ; et si vous
m'en croyez, nous leur jouerons tous deux une pièce[6] qui
leur fera voir leur sottise, et pourra leur apprendre à connaître
un peu mieux leur monde.

DU CROISY.   Et comment encore ?

35 LA GRANGE.   J'ai un certain valet, nommé Mascarille, qui
passe, au sentiment de beaucoup de gens, pour une manière
de bel esprit ; car il n'y a rien à meilleur marché que le bel
esprit maintenant. C'est un extravagant, qui s'est mis dans la
tête de vouloir faire l'homme de condition[7]. Il se pique
40 ordinairement de galanterie[8] et de vers, et dédaigne les autres
valets, jusqu'à les appeler brutaux[9].

DU CROISY.   Eh bien ! qu'en prétendez-vous faire[10] ?

LA GRANGE.   Ce que j'en prétends faire ? Il faut... Mais
sortons d'ici auparavant.

---

1. *Sans doute :* sans aucun doute, assurément (affirmation très forte).
2. *Je l'y prends :* je prends cela fort à cœur (l'emploi de « y » est
beaucoup plus libre au XVIIe siècle que maintenant).
3. *Impertinence :* sottise déplacée, inconvenante.
4. *Donzelles :* d'un mot italo-provençal signifiant « demoiselles prétentieuses et ridicules » (péjoratif et assez populaire).
5. *Ambigu :* composé, mélange (terme d'origine culinaire).
6. *Pièce :* bon tour, farce.
7. *De condition :* noble, de haute naissance.
8. *Galanterie :* amour selon les règles courtoises.
9. *Brutaux :* bêtes brutes, êtres mal dégrossis.
10. *Qu'en prétendez-vous faire :* que voulez-vous faire de lui ? L'emploi
de « en » est, lui aussi, très libre à l'époque.

SCÈNE 2. GORGIBUS, DU CROISY, LA GRANGE.

GORGIBUS. Eh bien ! vous avez vu ma nièce et ma fille : les affaires[1] iront-elles bien ? Quel est le résultat de cette visite ?

LA GRANGE. C'est une chose que vous pourrez mieux
5 apprendre d'elles que de nous. Tout ce que nous pouvons vous dire, c'est que nous vous rendons grâce de la faveur que vous nous avez faite, et demeurons vos très humbles serviteurs[2].

GORGIBUS, *seul*. Ouais ! il semble qu'ils sortent mal satisfaits
10 d'ici. D'où pourrait venir leur mécontentement ? Il faut savoir un peu ce que c'est. Holà !

SCÈNE 3. MAROTTE, GORGIBUS.

MAROTTE. Que désirez-vous, Monsieur ?
GORGIBUS. Où sont vos maîtresses ?
MAROTTE. Dans leur cabinet[3].
GORGIBUS. Que font-elles ?
5 MAROTTE. De la pommade pour les lèvres.

---

1. *Les affaires* : les mariages projetés.
2. *C'est que nous ... vos très humbles serviteurs* : formule de salutation cérémonieuse un peu appuyée, dans une intention assurément ironique, dans ce contexte.
3. *Cabinet* : le lieu le plus retiré dans le plus bel appartement des grandes maisons. Cette pièce était réservée aux travaux intellectuels ou à la conversation intime.

GORGIBUS. C'est trop pommadé[1]. Dites-leur qu'elles descendent. *(Seul.)* Ces pendardes-là, avec leur pommade, ont, je pense, envie de me ruiner. Je ne vois partout que blancs d'œufs[2], lait virginal, et mille autres brimborions[3] que je ne
10 connais point. Elles ont usé, depuis que nous sommes ici, le lard[4] d'une douzaine de cochons, pour le moins, et quatre valets vivraient tous les jours des pieds de mouton qu'elles emploient.

---

1. *Pommadé* : néologisme, créé quelque temps auparavant par les Précieux eux-mêmes.
2. *Blancs d'œufs* : utilisés à l'époque pour confectionner des « masques de beauté ». Le « lait virginal » est une préparation cosmétique pour blanchir les mains et le visage.
3. *Brimborions* : objets et produits hétéroclites.
4. *Lard* : utilisé aussi pour la confection de crèmes de beauté. Quant aux pieds de mouton, leurs composants gras et gélatineux, qui fixaient les parfums, entraient dans la composition des onguents et cosmétiques.

Scènes 1 à 3

INTRIGUE AMOUREUSE, COMÉDIE SOCIALE ET FARCE EN PERSPECTIVE

1. Quelle est la coloration d'ensemble de la scène 1 ? Montrez en particulier, à l'aide d'exemples précis, comment Molière plonge immédiatement le spectateur au cœur du sujet, tout en piquant sa curiosité.

2. La structure de la scène 1 est simple : distinguez-en les deux grandes parties et donnez un titre à chacune.

3. Qu'apprend-on, dans le détail, du caractère des deux jeunes seigneurs éconduits par les « pecques provinciales » ? Comment les indications indirectes de Molière peuvent-elles guider le jeu de ces personnages ?

4. Essayez de discerner, dès les premiers échanges (sc. 1), les plans superposés esquissés par l'auteur : intrigue amoureuse, satire des mœurs, promesse de farce.

5. Quel est l'intérêt de l'auteur à caractériser d'emblée les deux jeunes filles « impertinentes » comme des Précieuses ? Pourquoi les avoir marquées tout de suite du sceau de leur origine provinciale ?

6. On voit s'amorcer dans les propos de La Grange le portrait de celui qui va porter la principale force comique de la pièce, Mascarille. Quels sont ses traits essentiels ? Quel élément peut le rapprocher des Précieuses ?

7. Quel jeu de scène peut justifier la dernière réplique de La Grange et la sortie des deux jeunes gens ? Proposez plusieurs solutions.

L'ARRIVÉE DU « PÈRE DE COMÉDIE »

1. L'intérêt des scènes 2 et 3, malgré leur brièveté, est de brosser un portrait rapide de Gorgibus, père et oncle des deux Précieuses. Quel est le trait dominant de ce personnage ?

2. Montrez, à l'aide d'exemples tirés du texte, comment se précise la comédie sociale, par l'opposition des manières et des paroles entre Gorgibus et les deux jeunes seigneurs.

3. Comment s'esquisse également la différence de statut social entre chacune des jeunes filles dont Gorgibus a la charge ?

4. Molière a souvent caricaturé par la suite la tournure d'esprit des petits-bourgeois. Quels sont ici les traits les plus marquants de cette mentalité ? Justifiez votre réponse par des exemples précis tirés des paroles de Gorgibus.

5. Le nom même de Gorgibus est celui d'un personnage de farce apparu dans des œuvrettes antérieures de Molière. Quels seraient les éléments farcesques du personnage ?

6. Quel est, dans la réaction des personnages face aux deux Précieuses, l'élément commun entre la scène 1 et l'ensemble formé par les scènes 2 et 3 ?

7. Gorgibus nous donne, sous un jour caricatural, un des éléments essentiels de la préciosité, celui de l'apparence extérieure. Relevez-en les thèmes sous-jacents. Ne pourrait-on en proposer assez facilement une transposition dans le monde moderne ? De ce point de vue, tentez de discerner l'héritage de la préciosité.

8. Conclusion provisoire : l'art de l'exposition chez Molière. Comparez éventuellement avec les « ouvertures » d'autres comédies que vous connaissez.

SCÈNE 4. GORGIBUS, MAGDELON, CATHOS.

GORGIBUS. Il est bien nécessaire vraiment de faire tant de dépense pour vous graisser le museau. Dites-moi un peu ce que vous avez fait à ces Messieurs, que[1] je les vois sortir avec tant de froideur ? Vous avais-je pas[2] commandé de les recevoir
5 comme des personnes que je voulais vous donner pour maris ?

MAGDELON. Et quelle estime, mon père, voulez-vous que nous fassions[3] du procédé irrégulier[4] de ces gens-là ?

CATHOS. Le moyen, mon oncle, qu'une fille un peu
10 raisonnable se pût accommoder de leur personne ?

GORGIBUS. Et qu'y trouvez-vous à redire ?

MAGDELON. La belle galanterie[5] que la leur ! Quoi ? débuter d'abord[6] par le mariage !

GORGIBUS. Et par où veux-tu donc qu'ils débutent ? par le
15 concubinage[7] ? N'est-ce pas un procédé dont vous avez sujet de vous louer toutes deux aussi bien que moi ? Est-il rien de plus obligeant[8] que cela ? Et ce lien sacré où[9] ils aspirent,

---

1. *Que :* pour que, de telle sorte que.
2. *Vous avais-je pas :* la particule « ne » n'était pas obligatoire pour l'interrogation, dans la syntaxe de l'époque.
3. *Quelle estime ... nous fassions :* comment voulez-vous que nous estimions (périphrase développée par les Précieux pour signifier « estimer »).
4. *Procédé irrégulier :* comportement qui n'est pas dans les règles du code courtois de la préciosité.
5. *Galanterie :* comportement courtois, cour amoureuse.
6. *D'abord :* dès l'abord, d'entrée de jeu.
7. *Concubinage :* vie commune, hors des liens du mariage. Le mot (à défaut de la chose) était très choquant à l'époque.
8. *Obligeant :* bien élevé, courtois, convenable.
9. *Où :* auquel. La syntaxe de ce pronom adverbial était alors très souple.

n'est-il pas un témoignage de l'honnêteté de leurs intentions ?

MAGDELON. Ah ! mon père, ce que vous dites là est du
20 dernier bourgeois. Cela me fait honte de vous ouïr parler de
la sorte, et vous devriez un peu vous faire apprendre le bel
air des choses.

GORGIBUS. Je n'ai que faire ni d'air ni de chanson. Je te
dis que le mariage est une chose sainte et sacrée, et que c'est
25 faire en honnêtes gens[1] que de débuter par là.

MAGDELON. Mon Dieu, que, si tout le monde vous
ressemblait, un roman serait bientôt fini ! La belle chose que
ce serait si d'abord Cyrus épousait Mandane[2], et qu'Aronce
de plain-pied fût marié à Clélie[3] !

30 GORGIBUS. Que me vient conter celle-ci ?

MAGDELON. Mon père, voilà ma cousine qui vous dira,
aussi bien que moi, que le mariage ne doit jamais arriver
qu'après les autres aventures. Il faut qu'un amant[4], pour être
agréable, sache débiter[5] les beaux sentiments, pousser[6] le
35 doux, le tendre et le passionné, et que sa recherche[7] soit dans
les formes. Premièrement, il doit voir au temple[8], ou à la
promenade, ou dans quelque cérémonie publique, la personne
dont il devient amoureux ; ou bien être conduit fatalement[9]
chez elle par un parent ou un ami, et sortir de là tout rêveur

---

1. *Faire en honnêtes gens :* agir selon les lois de l'honneur.
2. *Cyrus, Mandane :* héros et héroïne du roman précieux *le Grand Cyrus*, de Mlle de Scudéry (en 10 volumes, parus de 1649 à 1653).
3. *Aronce, Clélie :* héros et héroïne d'un autre roman de Mlle de Scudéry, *Clélie* (10 volumes, parus de 1654 à 1660).
4. *Amant :* amoureux, prétendant.
5. *Débiter :* exprimer avec aisance.
6. *Pousser :* déclarer avec passion.
7. *Recherche :* cour amoureuse, recherche en mariage.
8. *Temple :* église, en vocabulaire « noble » du grand théâtre.
9. *Fatalement :* sous l'emprise du destin, inéluctablement.

40 et mélancolique. Il cache un temps sa passion à l'objet[1] aimé,
et cependant[2] lui rend plusieurs visites, où l'on ne manque
jamais de mettre sur le tapis[3] une question galante[4] qui exerce
les esprits de l'assemblée. Le jour de la déclaration arrive, qui
se doit faire ordinairement dans une allée de quelque jardin,
45 tandis que la compagnie s'est un peu éloignée ; et cette
déclaration est suivie d'un prompt courroux, qui paraît à notre
rougeur[5], et qui, pour un temps, bannit l'amant de notre
présence. Ensuite il trouve moyen de nous apaiser, de nous
accoutumer insensiblement au discours de sa passion[6], et de
50 tirer de nous cet aveu[7] qui fait tant de peine[8]. Après cela
viennent les aventures, les rivaux qui se jettent à la traverse[9]
d'une inclination établie, les persécutions des pères, les jalousies
conçues sur de fausses apparences, les plaintes, les désespoirs,
les enlèvements, et ce qui s'ensuit. Voilà comme[10] les choses
55 se traitent dans les belles manières et ce sont des règles dont,
en bonne galanterie, on ne saurait se dispenser. Mais en venir
de but en blanc à l'union conjugale, ne faire l'amour[11] qu'en
faisant le contrat du mariage, et prendre justement le roman
par la queue[12] ! encore un coup, mon père, il ne se peut rien

---

1. *Objet* : personne, en langue galante du temps.
2. *Cependant* : pendant ce temps (aucune valeur adversative).
3. *Mettre sur le tapis* : amener la conversation sur. Tournure précieuse, passée, depuis, dans la langue courante.
4. *Une question galante* : un problème de relation, de psychologie amoureuses.
5. *Paraît à notre rougeur* : se révèle par notre rougissement.
6. *Au discours de sa passion* : à l'entendre parler de son amour.
7. *Aveu* : déclaration d'amour réciproque.
8. *Qui fait tant de peine* : parce qu'il exige de surmonter la pudeur et ses règles draconiennes.
9. *À la traverse* : en travers, pour s'opposer à.
10. *Comme* : comment.
11. *Faire l'amour* : parler d'amour, faire la cour.
12. *Par la queue* : par la fin de l'histoire.

60 de plus marchand[1] que ce procédé ; et j'ai mal au cœur de
la seule vision que cela me fait.

GORGIBUS.   Quel diable de jargon entends-je ici ? Voici bien
du haut style.

CATHOS.   En effet, mon oncle, ma cousine donne dans le
65 vrai de la chose. Le moyen de bien recevoir des gens qui
sont tout à fait incongrus en galanterie ? Je m'en vais gager[2]
qu'ils n'ont jamais vu la carte de Tendre, et que Billets-Doux,
Petits-Soins, Billets-Galants et Jolis-Vers[3] sont des terres
inconnues pour eux. Ne voyez-vous pas que toute leur
70 personne marque[4] cela, et qu'ils n'ont point cet air qui donne
d'abord bonne opinion des gens ? Venir en visite amoureuse
avec une jambe toute unie[5], un chapeau désarmé de plumes[6],
une tête irrégulière en cheveux[7], et un habit qui souffre une
indigence de rubans[8] !... mon Dieu, quels amants sont-ce là !
75 Quelle frugalité d'ajustement et quelle sécheresse de
conversation ! On n'y dure point, on n'y tient pas. J'ai
remarqué encore que leurs rabats[9] ne sont pas de la bonne
faiseuse, et qu'il s'en faut plus d'un grand demi-pied que leurs
hauts-de-chausses[10] ne soient assez larges.

80 GORGIBUS.   Je pense qu'elles sont folles toutes deux, et je

---

1. *Marchand* : vulgaire, commun.
2. *Gager* : parier.
3. *Billets-Doux ... Jolis-Vers* : noms des villages-étapes de la carte
imaginaire du pays de Tendre.
4. *Marque* : indique, signifie clairement.
5. *Une jambe toute unie* : sans rubans ni dentelles ornant les canons.
6. *Désarmé de plumes* : sans plumes d'autruche.
7. *Irrégulière en cheveux* : sans perruque soigneusement repeignée à
l'arrivée dans le salon (voir sc. 9, début).
8. *Qui souffre une indigence de rubans* : qui supporte de ne pas
avoir tous les rubans décoratifs conformes à la mode précieuse.
9. *Rabats* : collets de toile empesée que l'on rabattait sur la veste
par-devant.
10. *Hauts-de-chausses* : culottes allant de la ceinture aux genoux.

ne puis rien comprendre à ce baragouin. Cathos, et vous, Magdelon...

MAGDELON.   Eh ! de grâce, mon père, défaites-vous de ces noms étranges, et nous appelez[1] autrement.

85 GORGIBUS.   Comment, ces noms étranges ! Ne sont-ce pas vos noms de baptême ?

MAGDELON.   Mon Dieu, que vous êtes vulgaire ! Pour moi, un de mes étonnements, c'est que vous ayez pu faire une fille si spirituelle que moi. A-t-on jamais parlé dans le beau

90 style de Cathos ni[2] de Magdelon ? et ne m'avouerez-vous pas que ce serait assez d'un de ces noms pour décrier[3] le plus beau roman du monde ?

CATHOS.   Il est vrai, mon oncle, qu'une oreille un peu délicate pâtit furieusement à entendre prononcer ces mots-là ;

95 et le nom de Polixène que ma cousine a choisi, et celui d'Aminte[4] que je me suis donné, ont une grâce dont il faut que vous demeuriez d'accord.

GORGIBUS.   Écoutez, il n'y a qu'un mot qui serve : je n'entends point que vous ayez d'autres noms que ceux qui

100 vous ont été donnés par vos parrains et marraines ; et pour ces Messieurs dont il est question, je connais leurs familles et leurs biens, et je veux résolument que vous vous disposiez à les recevoir pour maris. Je me lasse de vous avoir sur les bras, et la garde de deux filles est une charge un peu trop

105 pesante pour un homme de mon âge.

CATHOS.   Pour moi, mon oncle, tout ce que je vous puis

---

1. *Nous appelez* : appelez-nous. Dans la syntaxe du XVIIe siècle, quand deux impératifs sont coordonnés, le complément du second est inversé.
2. *Ni* : on dirait aujourd'hui « et » ; la grammaire du XVIIe siècle considère l'idée négative sous-entendue.
3. *Décrier* : discréditer.
4. *Polixène, Aminte* : prénoms de fiction littéraire, empruntés aux romans précieux alors en vogue.

dire, c'est que je trouve le mariage une chose tout à fait choquante. Comment est-ce qu'on peut souffrir la pensée de coucher contre un homme vraiment nu ?

110 MAGDELON.   Souffrez que nous prenions un peu haleine parmi le beau monde de Paris, où nous ne faisons que d'arriver. Laissez-nous faire à loisir le tissu de notre roman[1], et n'en pressez point tant la conclusion.

GORGIBUS, *à part.*   Il n'en faut point douter, elles sont 115 achevées[2]. *(Haut.)* Encore un coup, je n'entends rien à toutes ces balivernes ; je veux être maître absolu ; et pour trancher toutes sortes de discours, ou vous serez mariées toutes deux avant qu'il soit peu, ou, ma foi ! vous serez religieuses : j'en fais un bon serment.

---

1. *Le tissu de notre roman :* le parcours dans les règles de notre histoire d'amour.
2. *Achevées :* complètement folles.

Scène 4

PREMIÈRES FOLIES, PREMIERS ORAGES...

La scène 4 est un heurt frontal entre deux univers, celui de la préciosité romanesque et celui du réalisme bourgeois.

1. Quelle est la tonalité générale de cette scène ? Quel en est le moteur dramatique ?

2. Dégagez aussi nettement que possible les différents moments de cette scène, la première qui ait quelque longueur. Comment ces éléments structurels s'enchaînent-ils ?

3. Comme leurs « prétendants », les deux Précieuses forment un couple comique. Sont-elles pour autant identiques ? Examinez de près les diverses répliques à Gorgibus, et tentez de cerner les différences — intellectuelles et sociales — établies par Molière pour éviter de faire de ces deux jeunes filles des poupées mécaniques calquées l'une sur l'autre.

4. Le « morceau de bravoure » de la scène est évidemment la tirade de Magdelon (l. 31 à 61). Montrez l'aspect « mode d'emploi » de la récitation. Distinguez les différentes étapes de ce rêve éveillé ; que peut-on penser du retour à la réalité qui marque la fin de la tirade ? Malgré les souvenirs livresques qui encombrent la sensibilité de Magdelon, n'y a-t-il pas dans cette fin l'écho d'une féminité qui refuse les mariages arrangés ? (Justifiez toujours vos analyses par un recours précis au texte.)

5. Comparez Magdelon et le personnage d'Armande dans *les Femmes savantes* (I, 1).

6. Le jeu des masques et des déguisements fait partie de l'esthétique précieuse : quelles en seraient ici les marques ?

7. Gorgibus se révèle, dans sa colère de moins en moins contenue, comme le prototype de tous les « pères de comédie » qui vont suivre dans l'œuvre de Molière. Comparez-le au personnage de Chrysale dans *les Femmes savantes*.

8. Étude stylistique. Plus encore que Magdelon, Cathos a travaillé, semble-t-il, la rhétorique précieuse et ses raffinements alambiqués. À l'aide des indications données pages 23 et 24 (et dans le « Petit Dictionnaire », p. 137), relevez les différentes

figures du style précieux qu'elle emploie (l. 64 à 79 et 93 à 97). Les latinistes pourront montrer l'expressivité grammaticale de l'imparfait du subjonctif utilisé ligne 10.

9. La scène 3 avait déjà livré quelques composantes essentielles du comportement précieux. Quelles informations supplémentaires la scène 4 fournit-elle sur les différents codes de la préciosité (références livresques, détails vestimentaires, etc.) ?

10. Magdelon et Cathos sont ridicules dans leurs excès. Gorgibus, qui les rabroue vertement, en est-il pour autant sympathique ? Référez-vous à ses répliques (l. 98 à 105 et 114 à 119) pour composer le portrait du personnage.

11. Conclusion sur cette scène : comment Molière réussit-il à nous faire rire de la bouffonnerie de ses personnages sans tomber dans un jeu schématique de marionnettes ?

SCÈNE 5. CATHOS, MAGDELON.

CATHOS. Mon Dieu ! ma chère, que ton père a la forme enfoncée dans la matière[1] ! que son intelligence est épaisse et qu'il fait sombre dans son âme !

MAGDELON. Que veux-tu, ma chère ? J'en suis en confusion
5 pour lui. J'ai peine à me persuader que je puisse être véritablement sa fille, et je crois que quelque aventure, un jour, me viendra développer[2] une naissance plus illustre.

CATHOS. Je le croirais bien ; oui, il y a toutes les apparences du monde ; et pour moi, quand je me regarde aussi...

SCÈNE 6. MAROTTE, CATHOS, MAGDELON.

MAROTTE. Voilà un laquais qui demande si vous êtes au logis, et dit que son maître vous veut venir voir.

MAGDELON. Apprenez, sotte, à vous énoncer moins vulgairement. Dites : « Voilà un nécessaire[3] qui demande si
5 vous êtes en commodité d'être visibles[4]. »

MAROTTE. Dame ! je n'entends point[5] le latin, et je n'ai pas appris, comme vous, la filofie[6] dans le Grand Cyre[7].

---

1. *La forme enfoncée dans la matière* : l'âme dominée par le corps (jargon pseudo-philosophique).
2. *Développer* : ôter le voile, révéler.
3. *Nécessaire* : quelqu'un dont on a besoin, ici, « valet ». Exemple de périphrase de substitution, typique du langage précieux.
4. *En commodité d'être visibles* : jargon abstrait pour exprimer une réalité très simple.
5. *N'entends point* : ne comprends pas.
6. *La filofie* : philosophie (le mot est « écorché » par Marotte, qui est une paysanne).
7. *Le Grand Cyre* : allusion directe au *Grand Cyrus*.

MAGDELON.   L'impertinente ! Le moyen de souffrir cela ?
Et qui est-il, le maître de ce laquais ?

10 MAROTTE.   Il me l'a nommé le marquis de Mascarille.

MAGDELON.   Ah ! ma chère, un marquis ! Oui, allez dire
qu'on nous peut voir. C'est sans doute un bel esprit qui aura
ouï parler de nous.

CATHOS.   Assurément, ma chère.

15 MAGDELON.   Il faut le recevoir dans cette salle basse[1], plutôt
qu'en notre chambre[2]. Ajustons un peu nos cheveux au moins,
et soutenons notre réputation. Vite, venez nous tendre ici
dedans le conseiller des grâces.

MAROTTE.   Par ma foi, je ne sais point quelle bête c'est
20 là : il faut parler chrétien[3], si vous voulez que je vous entende.

CATHOS.   Apportez-nous le miroir, ignorante que vous êtes,
et gardez-vous bien d'en salir la glace par la communication
de votre image. *(Elles sortent.)*

---

1. *Salle basse* : pièce du rez-de-chaussée, plus ou moins vaste, où
l'on prenait les repas.
2. *En notre chambre* : de vraies Précieuses auraient reçu dans leur
chambre d'apparat, au premier étage. Mais la maison de Gorgibus,
bon bourgeois, ne comporte rien de tel.
3. *Parler chrétien* : parler de façon compréhensible, comme tout le
monde.

MAGDELON. *Apprenez, sotte, à vous énoncer moins vulgairement.*
Gravure de Maurice Sand (1823-1889) pour une édition
des *Précieuses ridicules.* Coll. Rondel, bibliothèque de l'Arsenal, Paris.

Scènes 5 et 6

LE RÊVE DEVIENDRAIT-IL RÉALITÉ ?

Gorgibus ayant quitté la place sur de graves menaces concernant le futur immédiat des jeunes filles, celles-ci se vengent en paroles et en rêves. Survient alors une visite inattendue, mais non inespérée...

1. Montrez que, sous le comique des paroles et des attitudes de la scène 5, se cache un grave malaise moral. Que penser de ce refus de filiation : vengeance langagière, désir d'une paternité spirituelle ou encore refus plus ou moins conscient d'une classe sociale où les aspirations les plus secrètes de la jeunesse seront toujours grossièrement brimées, surtout pour des filles ?

2. L'arrivée d'un marquis surprend-elle vraiment les deux Précieuses ? Relevez, dans les paroles échangées, les indices qui révèlent que Magdelon et Cathos sont déjà installées dans leur rêve.

3. Avec le personnage de la servante et son bon sens populaire, Molière obtient plusieurs effets comiques. Tentez de les distinguer et de les classer. On pourra également comparer avec un personnage des *Femmes savantes*, à rechercher.

4. Leçon de langage précieux : analysez de ce point de vue les lignes 1 à 3 de la scène 5, 3 à 5, 17-18 et 21 à 23 de la scène 6.

5. Quels sont les jeux de scène suggérés par les divers échanges entre les personnages ? Proposez une mise en scène partielle de ces deux brefs passages.

6. Quel effet Molière peut-il obtenir par l'annonce de Marotte : « le marquis de Mascarille » ?

54

SCÈNE 7. MASCARILLE, DEUX PORTEURS.

MASCARILLE. Holà, porteurs, holà ! Là, là, là, là, là, là. Je pense que ces marauds-là ont dessein de me briser à force de heurter contre les murailles et les pavés.

PREMIER PORTEUR. Dame ! c'est que la porte est étroite : 5 vous avez voulu aussi que nous soyons entrés[1] jusqu'ici.

MASCARILLE. Je le crois bien. Voudriez-vous, faquins[2], que j'exposasse l'embonpoint de mes plumes[3] aux inclémences de la saison pluvieuse, et que j'allasse imprimer mes souliers en boue[4] ? Allez, ôtez votre chaise[5] d'ici.

10 DEUXIÈME PORTEUR. Payez-nous donc, s'il vous plaît, Monsieur.

MASCARILLE. Hem ?

DEUXIÈME PORTEUR. Je dis, Monsieur, que vous nous donniez de l'argent, s'il vous plaît.

15 MASCARILLE, *lui donnant un soufflet.* Comment, coquin, demander de l'argent à une personne de ma qualité[6] !

DEUXIÈME PORTEUR. Est-ce ainsi qu'on paye les pauvres gens ? et votre qualité nous donne-t-elle à dîner ?

MASCARILLE. Ah ! ah ! ah ! je vous apprendrai à vous 20 connaître !Ces canailles-là s'osent jouer à moi[7].

---

1. *Nous soyons entrés :* l'usage du XVIIe siècle voudrait ici, pour la concordance des temps, un imparfait du subjonctif, mais sa conjugaison est trop difficile pour le porteur.
2. *Faquins :* d'un mot italien signifiant « porteur », « portefaix ». Sens péjoratif dérivé : hommes de peu.
3. *L'embonpoint de mes plumes :* les plumes volumineuses de mon chapeau.
4. *Imprimer mes souliers en boue :* marcher dans la boue.
5. *Chaise :* chaise à porteurs. Elle n'était pas encore d'usage courant en 1659.
6. *De ma qualité :* de ma condition, noble.
7. *Jouer à moi :* s'en prendre à moi, ou bien : se jouer de moi.

L'entrée de Mascarille (Robert Manuel).
Mise en scène de Robert Manuel, Comédie-Française, 1960.

PREMIER PORTEUR, *prenant un des bâtons de sa chaise.* Çà !
payez-nous vitement[1] !

MASCARILLE.   Quoi ?

PREMIER PORTEUR.   Je dis que je veux avoir de l'argent tout
25 à l'heure[2].

MASCARILLE.   Il[3] est raisonnable.

PREMIER PORTEUR.   Vite donc.

---

1. *Vitement :* adverbe formé sur « vite », disparu de l'usage aujourd'hui.
2. *Tout à l'heure :* sur-le-champ, tout de suite.
3. *Il :* cela, au sens neutre du pronom « il ». L'interpréter comme un
masculin renvoyant au premier porteur équivaudrait à faire de cette
réplique une sorte d'aparté destiné au public.

MASCARILLE.   Oui-da. Tu parles comme il faut, toi ; mais l'autre est un coquin qui ne sait ce qu'il dit. Tiens : es-tu
30 content ?

PREMIER PORTEUR.   Non, je ne suis pas content : vous avez donné un soufflet à mon camarade, et... *(Levant son bâton.)*

MASCARILLE.   Doucement. Tiens, voilà pour le soufflet. On obtient tout de moi quand on s'y prend de la bonne façon.
35 Allez, venez me reprendre tantôt pour aller au Louvre, au petit coucher[1].

SCÈNE 8. MAROTTE, MASCARILLE.

MAROTTE.   Monsieur, voilà mes maîtresses qui vont venir tout à l'heure.

MASCARILLE.   Qu'elles ne se pressent point : je suis ici posté[2] commodément pour attendre.
5 MAROTTE.   Les voici.

---

1. *Au petit coucher* : le « petit coucher » du roi était le dernier acte officiel de la journée du monarque. Il se déroulait dans la chambre même du souverain, tandis qu'on le déshabillait. N'y étaient naturellement admis que les privilégiés et les intimes, en tout petit nombre.
2. *Posté* : placé, installé. Terme du jargon militaire.

Scènes 7 et 8

« VIVAT MASCARILLUS ! » :
L'ARRIVÉE TRIOMPHALE DU VALET DÉGUISÉ

L'entrée de Mascarille est un moment de farce, auquel il ne manque même pas les coups de bâton, ou du moins les gestes menaçants.

1. Relevez tous les effets comiques utilisés par Molière pour déclencher les rires en cascade.

2. La querelle bouffonne entre Mascarille et les deux porteurs — encore un couple comique — est destinée elle aussi à provoquer l'hilarité ; mais quelle dimension supplémentaire Molière lui donne-t-il (voir en particulier les lignes 10 à 18) ? Montrez que là aussi, derrière le jeu apparent des marionnettes, se cache une observation « en passant » de certains comportements sociaux révélateurs. Lesquels ?

3. Analysez les différents registres de la vantardise de Mascarille (on pourra se reporter aux propos de La Grange, l. 35 à 41 de la scène 1).

4. Quelle est l'utilité de la courte scène 8 ? Quelle atmosphère Molière crée-t-il par la réplique de Mascarille (l. 3-4) ?

SCÈNE 9. MASCARILLE, MAGDELON, CATHOS, ALMANZOR.

MASCARILLE, *après avoir salué*. Mesdames[1], vous serez surprises, sans doute, de l'audace de ma visite ; mais votre réputation vous attire cette méchante affaire[2], et le mérite a pour moi des charmes[3] si puissants, que je cours partout
5 après lui.

MAGDELON. Si vous poursuivez le mérite, ce n'est pas sur nos terres que vous devez chasser.

CATHOS. Pour voir chez nous le mérite, il a fallu que vous l'y ayez amené.

10 MASCARILLE. Ah ! je m'inscris en faux[4] contre vos paroles. La renommée accuse[5] juste en contant ce que vous valez ; et vous allez faire pic, repic et capot[6] tout ce qu'il y a de galant[7] dans Paris.

MAGDELON. Votre complaisance pousse un peu trop avant
15 la libéralité[8] de ses louanges ; et nous n'avons garde, ma

---

1. *Mesdames* : le titre de « Madame » était donné aux femmes mariées, mais aussi aux jeunes filles de la noblesse, puis, par extension, de la bonne société.
2. *Méchante affaire* : cette visite déplaisante (antiphrase amusante, ou qui voudrait l'être).
3. *Charmes* : attraits irrésistibles, véritablement magiques (sens fort).
4. *Je m'inscris en faux* : je proteste, j'attaque en justice comme étant faux (jargon juridique).
5. *Accuse* : indique.
6. *Pic, repic et capot* : termes d'un jeu de cartes de l'époque (le piquet) exprimant une victoire rapide et indiscutable ; battre à plate couture.
7. *Tout ce qu'il y a de galant* : toutes les femmes à la mode.
8. *La libéralité* : la générosité excessive.

cousine et moi, de donner de notre sérieux dans le doux de votre flatterie[1].

CATHOS. Ma chère, il faudrait faire donner des sièges.

MAGDELON. Holà, Almanzor !

20 ALMANZOR. Madame.

MAGDELON. Vite, voiturez[2]-nous ici les commodités de la conversation.

MASCARILLE. Mais au moins, y a-t-il sûreté ici pour moi ?

(Almanzor sort.)

CATHOS. Que craignez-vous ?

25 MASCARILLE. Quelque vol de mon cœur, quelque assassinat de ma franchise[3]. Je vois ici des yeux qui ont la mine d'être de fort mauvais garçons, de faire insulte aux libertés, et de traiter une âme de Turc à More[4]. Comment diable, d'abord qu'on les approche[5], ils se mettent sur leur garde meurtrière[6] ?
30 Ah ! par ma foi, je m'en défie, et je m'en vais gagner au pied[7], ou je veux caution bourgeoise[8] qu'ils ne me feront point de mal.

MAGDELON. Ma chère, c'est le caractère[9] enjoué.

CATHOS. Je vois bien que c'est un Amilcar[10].

---

1. *Donner de ... flatterie :* accepter sans réfléchir vos louanges comme sérieuses.
2. *Voiturez :* apportez (métaphore précieuse).
3. *Assassinat de ma franchise :* mise à mal de ma liberté de sentiment.
4. *De Turc à More :* sans pitié, cruellement (comme un Turc aurait traité un Maure).
5. *D'abord qu'on les approche :* dès qu'on en approche.
6. *Sur leur garde meurtrière :* jargon d'escrimeur, renforcé par un adjectif détourné de son sens.
7. *Gagner au pied :* me sauver (expression triviale).
8. *Caution bourgeoise :* garantie sérieuse (jargon juridico-commercial).
9. *Le caractère :* le genre (identification d'un type de personnage).
10. *Un Amilcar :* personnage gai du roman de Mlle de Scudéry : *Clélie.*

35 MAGDELON.   Ne craignez rien : nos yeux n'ont point de mauvais desseins, et votre cœur peut dormir en assurance sur leur prud'homie[1].

CATHOS.   Mais de grâce, Monsieur, ne soyez pas inexorable à ce fauteuil qui vous tend les bras il y a[2] un quart d'heure ;
40 contentez un peu l'envie qu'il a de vous embrasser.

MASCARILLE, *après s'être peigné et avoir ajusté ses canons*[3].   Eh bien, Mesdames, que dites-vous de Paris ?

MAGDELON.   Hélas ! qu'en pourrions-nous dire ? Il faudrait être l'antipode[4] de la raison, pour ne pas confesser que Paris
45 est le grand bureau[5] des merveilles, le centre du bon goût, du bel esprit et de la galanterie.

MASCARILLE.   Pour moi, je tiens que hors de Paris, il n'y a point de salut pour les honnêtes gens[6].

CATHOS.   C'est une vérité incontestable.

50 MASCARILLE.   Il y fait un peu crotté ; mais nous avons la chaise.

MAGDELON.   Il est vrai que la chaise est un retranchement[7] merveilleux contre les insultes de la boue et du mauvais temps.

55 MASCARILLE.   Vous recevez beaucoup de visites : quel bel esprit est des vôtres ?

MAGDELON.   Hélas ! nous ne sommes pas encore connues ;

---

1. *En assurance sur leur prud'homie* : en se fiant à leur loyauté.
2. *Il y a* : depuis.
3. *Après s'être peigné ... canons* : Mascarille applique les codes de bonne conduite en société précieuse.
4. *L'antipode* : au sens imagé, l'opposé, le contraire.
5. *Bureau* : magasin où se vendaient les marchandises (ici, sens figuré).
6. *Honnêtes gens* : pluriel d'« honnête homme » ; gens de la bonne société, bien éduqués, selon les règles en vigueur.
7. *Retranchement* : défense (terme du jargon militaire).

mais nous sommes en passe de l'être, et nous avons une amie particulière qui nous a promis d'amener ici tous ces
60 Messieurs du *Recueil des pièces choisies*[1].

CATHOS.   Et certains autres qu'on nous a nommés aussi pour être[2] les arbitres souverains des belles choses.

MASCARILLE.   C'est moi qui ferai votre affaire mieux que personne : ils me rendent tous visite ; et je puis dire que je
65 ne me lève jamais sans une demi-douzaine de beaux esprits[3].

MAGDELON.   Eh ! mon Dieu, nous vous serons obligées de la dernière obligation, si vous nous faites cette amitié ; car enfin il faut avoir la connaissance de tous ces Messieurs-là, si l'on veut être du beau monde. Ce sont ceux qui donnent le
70 branle à[4] la réputation dans Paris, et vous savez qu'il y en a tel dont il ne faut que la seule fréquentation pour vous donner bruit[5] de connaisseuse, quand il n'y aurait rien autre chose que cela. Mais pour moi, ce que je considère[6] particulièrement, c'est que, par le moyen de ces visites
75 spirituelles[7], on est instruite de cent choses qu'il faut savoir de nécessité[8], et qui sont de l'essence[9] d'un bel esprit. On apprend par là chaque jour les petites nouvelles galantes, les jolis commerces[10] de prose et de vers. On sait à point

---

1. *Recueil des pièces choisies* : anthologie périodique qui publiait les pièces de circonstance des auteurs à la mode (dont de nombreux Précieux).
2. *Pour être* : comme étant.
3. *Je ne me lève ... esprits* : comme le roi et les grands, Mascarille prétend avoir une cour dans sa chambre dès son réveil.
4. *Donnent le branle à* : sont à l'origine de.
5. *Bruit* : réputation, renommée.
6. *Considère* : apprécie, estime, recherche.
7. *Spirituelles* : consacrées à l'esprit, intellectuelles.
8. *De nécessité* : absolument.
9. *Sont de l'essence* : appartiennent à la nature fondamentale, au principe même.
10. *Commerces* : échanges.

nommé : « Un tel a composé la plus jolie pièce du monde
80   sur un tel sujet. ; une telle a fait des paroles sur un tel air ;
celui-ci a fait un madrigal[1] sur une jouissance ; celui-là a
composé des stances[2] sur une infidélité ; Monsieur un tel
écrivit hier soir un sixain[3] à Mademoiselle une telle, dont elle
lui a envoyé la réponse ce matin sur les huit heures ; un tel
85   auteur a fait un tel dessein[4] ; celui-là en est à la troisième
partie de son roman ; cet autre met ses ouvrages sous la
presse. » C'est là ce qui vous fait valoir dans les
compagnies ; et si l'on ignore ces choses, je ne donnerais pas
un clou[5] de tout l'esprit qu'on peut avoir.

90   CATHOS.   En effet, je trouve que c'est renchérir sur le
ridicule, qu'une personne se pique d'esprit et ne sache pas
jusqu'au moindre petit quatrain[6] qui se fait chaque jour ; et
pour moi, j'aurais toutes les hontes du monde s'il fallait qu'on
vînt à me demander si j'aurais vu quelque chose de nouveau
95   que je n'aurais pas vu.

MASCARILLE.   Il est vrai qu'il est honteux de n'avoir pas
des premiers tout ce qui se fait ; mais ne vous mettez pas
en peine : je veux établir chez vous une Académie[7] de beaux
esprits, et je vous promets qu'il ne se fera pas un bout de

---

1. *Madrigal* : brève pièce de vers, sur un sujet de circonstance, où
l'auteur devait s'efforcer d'être spirituel et original.
2. *Stances* : pièce de vers assez ample, de forme rigoureuse, consacrée
généralement à un débat moral ou spirituel. On les trouvait fréquemment
dans les tragédies de l'époque, où elles permettaient des effets oratoires
(voir, de Corneille, *le Cid*, acte I, sc. 6, ou *Polyeucte*, acte IV, sc. 2).
3. *Sixain* : petite pièce de six vers.
4. *Dessein* : plan, canevas d'un ouvrage à écrire.
5. *Pas un clou* : cette expression n'est pas si familière au XVIIe siècle
qu'aujourd'hui.
6. *Quatrain* : petit poème de quatre vers.
7. *Académie* : en général, société d'hommes de lettres et de beaux
esprits. Depuis 1635, le mot a pris une résonance particulière, et
certains salons littéraires prétentieux s'en parent avec orgueil.

La ruelle, où les Précieuses tenaient salon.
Gravure de Chauveau pour *le Grand Cyrus,* de Mlle de Scudéry.
B.N., Paris.

100 vers dans Paris que vous ne sachiez par cœur avant tous les
autres. Pour moi, tel que vous me voyez, je m'en escrime[1]
un peu quand je veux ; et vous verrez courir de ma façon[2],
dans les belles ruelles[3] de Paris, deux cents chansons[4], autant
de sonnets[5], quatre cents épigrammes[6] et plus de mille
105 madrigaux, sans compter les énigmes[7] et les portraits.

MAGDELON. Je vous avoue que je suis furieusement pour
les portraits ; je ne vois rien de si galant que cela.

MASCARILLE. Les portraits sont difficiles, et demandent un
esprit profond : vous en verrez de ma manière qui ne vous
110 déplairont pas.

CATHOS. Pour moi, j'aime terriblement les énigmes.

MASCARILLE. Cela exerce l'esprit, et j'en ai fait quatre
encore ce matin, que je vous donnerai à deviner.

MAGDELON. Les madrigaux sont agréables, quand ils sont
115 bien tournés.

MASCARILLE. C'est mon talent particulier ; et je travaille à
mettre en madrigaux toute l'histoire romaine.

MAGDELON. Ah ! certes, cela sera du dernier beau. J'en
retiens un exemplaire au moins, si vous le faites imprimer.

120 MASCARILLE. Je vous en promets à chacune un, et des

---

1. *Je m'en escrime* : je m'y essaie.
2. *De ma façon* : de ma fabrication.
3. *Ruelle* : partie de la chambre des Précieuses où se tenaient les invités de marque.
4. *Chansons* : pièces galantes et sentimentales, mises à la mode dans les salons d'esprit et illustrées par de nombreux auteurs (Racan et Saint-Amant, entre autres).
5. *Sonnets* : poèmes de 14 vers, à forme fixe.
6. *Épigrammes* : mots d'esprit rimés, en deux vers.
7. *Énigmes* : poèmes décrivant un objet à deviner. Jeu de société à la mode dans les salons, tout comme le portrait, autre jeu littéraire.

mieux reliés. Cela est au-dessous de ma condition[1] ; mais je le fais seulement pour donner à gagner aux libraires qui me persécutent[2].

MAGDELON.   Je m'imagine que le plaisir est grand de se
125 voir imprimé.

MASCARILLE.   Sans doute. Mais à propos, il faut que je vous dise un impromptu[3] que je fis hier chez une duchesse de mes amies que je fus visiter ; car je suis diablement fort sur les impromptus.

130 CATHOS.   L'impromptu est justement la pierre de touche de l'esprit.

MASCARILLE.   Écoutez donc.

MAGDELON.   Nous y sommes de toutes nos oreilles.

MASCARILLE

Oh ! oh ! je n'y prenais pas garde :
135 <center>Tandis que, sans songer à mal, je vous regarde,</center>
Votre œil en tapinois me dérobe mon cœur.
Au voleur, au voleur, au voleur, au voleur !

CATHOS.   Ah ! mon Dieu ! voilà qui est poussé dans le dernier galant[4].

140 MASCARILLE.   Tout ce que je fais a l'air cavalier[5] ; cela ne sent point le pédant.

MAGDELON.   Il[5] en est éloigné de plus de deux mille lieues.

---

1. *Au-dessous de ma condition* : aucun noble n'aurait alors voulu être considéré comme un auteur ; il aurait eu le sentiment de déroger à sa condition.
2. *Persécutent :* poursuivent. Les libraires-éditeurs harcèlent les auteurs à la mode qui leur font gagner de l'argent avec leurs ouvrages.
3. *Impromptu* : bref poème improvisé pour célébrer un événement de l'actualité immédiate.
4. *Poussé dans le dernier galant* : exprimé avec la passion amoureuse la plus brûlante.
5. *L'air cavalier* : l'allure libre, dégagée, décontractée.
6. *Il* : cela.

MASCARILLE.   Avez-vous remarqué ce commencement : *Oh !*
oh ? Voilà qui est extraordinaire : *Oh ! oh !* Comme un homme
145 qui s'avise tout d'un coup : *Oh ! oh !* La surprise : *Oh ! oh !*

MAGDELON.   Oui, je trouve ce *oh ! oh !* admirable.

MASCARILLE.   Il semble que cela ne soit rien.

CATHOS.   Ah ! mon Dieu, que dites-vous ? Ce sont là de
ces sortes de choses qui ne se peuvent payer.

150 MAGDELON.   Sans doute ; et j'aimerais mieux avoir fait ce
oh ! oh ! qu'un poème épique[1].

MASCARILLE.   Tudieu[2] ! vous avez le goût bon.

MAGDELON.   Eh ! je ne l'ai pas tout à fait mauvais.

MASCARILLE.   Mais n'admirez-vous pas aussi *je n'y prenais*
155 *pas garde ? Je n'y prenais pas garde,* je ne m'apercevais pas de
cela ; façon de parler naturelle : *je n'y prenais pas garde. Tandis*
que, sans songer à mal, tandis qu'innocemment, sans malice,
comme un pauvre mouton, *je vous regarde,* c'est-à-dire, je
m'amuse à vous considérer, je vous observe, je vous
160 contemple ; *votre œil en tapinois...* Que vous semble de ce mot
tapinois ? n'est-il pas bien choisi ?

CATHOS.   Tout à fait bien.

MASCARILLE.   *Tapinois,* en cachette : il semble que ce soit
un chat qui vienne de prendre une souris : *tapinois.*

165 MAGDELON.   Il ne se peut rien de mieux.

MASCARILLE.   *Me dérobe mon cœur,* me l'emporte, me le ravit.
Au voleur, au voleur, au voleur, au voleur ! Ne diriez-vous pas
que c'est un homme qui crie et court après un voleur pour
le faire arrêter ? *Au voleur, au voleur, au voleur, au voleur !*

---

1. *Poème épique :* épopée en vers, genre considéré depuis Ronsard
(*la Franciade,* 1572) comme l'un des genres majeurs de la poésie.
2. *Tudieu :* juron formé par la contraction de « vertu de Dieu » ; il
était permis dans la société.

170 MAGDELON.　Il faut avouer que cela a un tour spirituel et galant.

MASCARILLE.　Je veux vous dire l'air que j'ai fait dessus.

CATHOS.　Vous avez appris la musique ?

MASCARILLE.　Moi ? Point du tout.

175 CATHOS.　Et comment donc cela se peut-il ?

MASCARILLE.　Les gens de qualité savent tout sans avoir jamais rien appris.

MAGDELON.　Assurément, ma chère.

MASCARILLE.　Écoutez si vous trouverez l'air à votre goût.
180 *Hem, hem. La, la, la, la, la.* La brutalité de la saison a furieusement outragé la délicatesse de ma voix[1] ; mais il n'importe, c'est à la cavalière. *(Il chante.)*
　　　　　Oh ! oh ! je n'y prenais pas...

CATHOS.　Ah ! que voilà un air qui est passionné ! Est-ce
185 qu'on n'en meurt point ?

MAGDELON.　Il y a de la chromatique[2] là-dedans.

MASCARILLE.　Ne trouvez-vous pas la pensée bien exprimée dans le chant ? *Au voleur !...* Et puis, comme si l'on criait bien fort : *au, au, au, au, au, au, voleur !* Et tout d'un coup,
190 comme une personne essoufflée : *au voleur !*

MAGDELON.　C'est là savoir le fin des choses, le grand fin, le fin du fin. Tout est merveilleux, je vous assure ; je suis enthousiasmée de l'air et des paroles.

CATHOS.　Je n'ai encore rien vu de cette force-là.

195 MASCARILLE.　Tout ce que je fais me vient naturellement, c'est sans étude.

---

1. *Outragé la délicatesse de ma voix :* périphrase alambiquée pour dire « abîmé le timbre de ma voix ».
2. *Chromatique :* terme musical désignant une gamme exécutée par demi-tons consécutifs.

Mascarille (Jean-Luc Moreau) et les deux Précieuses
(Virginie Pradal et Catherine Salviat).
Mise en scène de Jean-Louis Thamin, Comédie-Française, 1971.

MAGDELON.   La nature vous a traité en vraie mère pas-
sionnée, et vous en êtes l'enfant gâté.

MASCARILLE.   À quoi donc passez-vous le temps ?

200 CATHOS.   À rien du tout.

MAGDELON.   Nous avons été jusqu'ici dans un jeûne
effroyable de divertissements.

MASCARILLE.   Je m'offre à vous mener l'un de ces jours à
la comédie[1], si vous voulez ; aussi bien on en doit jouer une

---

1. *Comédie :* conformément à l'usage de l'époque, une pièce de
théâtre en général, qui peut être tragique ou comique.

205 nouvelle que je serai bien aise que nous voyions ensemble.

MAGDELON.   Cela n'est pas de refus.

MASCARILLE.   Mais je vous demande d'applaudir comme il faut, quand nous serons là ; car je me suis engagé de[1] faire valoir la pièce, et l'auteur m'en est venu prier encore ce
210 matin. C'est la coutume ici qu'à nous autres gens de condition les auteurs viennent lire leurs pièces nouvelles, pour nous engager à les trouver belles, et leur donner de la réputation ; et je vous laisse à penser si, quand nous disons quelque chose, le parterre[2] ose nous contredire. Pour moi, j'y suis fort
215 exact ; et quand j'ai promis à quelque poète, je crie toujours : « Voilà qui est beau ! » devant que[3] les chandelles soient allumées.

MAGDELON.   Ne m'en parlez point : c'est un admirable lieu que Paris ; il s'y passe cent choses tous les jours qu'on
220 ignore dans les provinces, quelque spirituelle qu'on puisse être.

CATHOS.   C'est assez : puisque nous sommes instruites, nous ferons notre devoir de nous écrier[4] comme il faut sur tout ce qu'on dira.

225 MASCARILLE.   Je ne sais si je me trompe, mais vous avez toute la mine d'avoir fait quelque comédie.

MAGDELON.   Eh ! il pourrait être quelque chose de ce que vous dites.

MASCARILLE.   Ah ! ma foi, il faudra que nous la voyions.
230 Entre nous, j'en ai composé une que je veux faire représenter.

---

1. *De* : à.
2. *Le parterre* : endroit de la salle où les gens se tiennent debout, aux places les moins chères. Les « gens de qualité » se tenaient sur la scène elle-même, de part et d'autre de l'ouverture.
3. *Devant que* : avant que.
4. *Nous écrier* : nous exclamer, nous récrier d'admiration.

70

CATHOS. Hé, à quels comédiens la donnerez-vous ?

MASCARILLE. Belle demande ! Aux grands comédiens[1]. Il n'y a qu'eux qui soient capables de faire valoir les choses ; les autres sont des ignorants qui récitent comme l'on parle ;
235 ils ne savent pas faire ronfler les vers, et s'arrêter au bel endroit : et le moyen de connaître où est le beau vers, si le comédien ne s'y arrête, et ne vous avertit par là qu'il faut faire le brouhaha[2] ?

CATHOS. En effet, il y a manière de faire sentir aux
240 auditeurs les beautés d'un ouvrage ; et les choses ne valent que ce qu'on les fait valoir.

MASCARILLE. Que vous semble de ma petite-oie[3] ? La trouvez-vous congruante à[4] l'habit ?

CATHOS. Tout à fait.

245 MASCARILLE. Le ruban est bien choisi.

MAGDELON. Furieusement bien. C'est Perdrigeon[5] tout pur.

MASCARILLE. Que dites-vous de mes canons ?

MAGDELON. Ils ont tout à fait bon air.

MASCARILLE. Je puis me vanter au moins qu'ils ont un
250 grand quartier plus[6] que tous ceux qu'on fait.

---

1. *Grands comédiens* : c'était le nom officiel des comédiens de l'Hôtel de Bourgogne, principaux rivaux de la troupe de Molière.
2. *Le brouhaha* : murmures et manifestations d'admiration.
3. *Petite-oie* : terme de cuisine, ici appliqué aux parties ornementales du costume, rubans, glands, dentelles, chapeau, gants, passementerie, aiguillettes, etc.
4. *Congruante à* : en accord avec (barbarisme précieux inventé par Molière).
5. *Perdrigeon* : nom du marchand de tissu et de mercerie alors à la mode.
6. *Un grand quartier plus* : un quart d'aune de largeur supplémentaire, soit environ 30 cm de plus.

MAGDELON.   Il faut avouer que je n'ai jamais vu porter si haut l'élégance de l'ajustement.

MASCARILLE.   Attachez un peu sur ces gants la réflexion de votre odorat[1].

255 MAGDELON.   Ils sentent terriblement bon.

CATHOS.   Je n'ai jamais respiré une odeur mieux conditionnée[2].

MASCARILLE.   Et celle-là ? *(Il donne à sentir les cheveux poudrés de sa perruque.)*

260 MAGDELON.   Elle est tout à fait de qualité ; le sublime[3] en est touché délicieusement.

MASCARILLE.   Vous ne me dites rien de mes plumes : comment les trouvez-vous ?

CATHOS.   Effroyablement belles.

265 MASCARILLE.   Savez-vous que le brin me coûte un louis d'or ? Pour moi, j'ai cette manie de vouloir donner généralement sur[4] tout ce qu'il y a de plus beau.

MAGDELON.   Je vous assure que nous sympathisons[5] vous et moi : j'ai une délicatesse furieuse pour tout ce que je
270 porte ; et jusqu'à mes chaussettes[6], je ne puis rien souffrir qui ne soit de la bonne ouvrière[7].

MASCARILLE, *s'écriant brusquement*.   Ahi ! ahi ! ahi ! doucement.

---

1. *Attachez un peu ... odorat :* phrase reprise intégralement dans le *Grand Dictionnaire des Précieuses* (1661).
2. *Conditionnée :* qui a les qualités voulues.
3. *Le sublime :* le cerveau, centre des sensations.
4. *Donner ... sur :* me jeter avec avidité.
5. *Sympathisons :* à l'époque, ce verbe était savant et quelque peu affecté.
6. *Chaussettes :* bas de toile sans pied que l'on met par-dessus les bas de soie ou les chausses.
7. *De la bonne ouvrière :* sorti d'un bon atelier.

Dieu me damne, Mesdames, c'est fort mal en user ; j'ai à
me plaindre de votre procédé ; cela n'est pas honnête.

275 CATHOS.   Qu'est-ce donc ? qu'avez-vous ?

MASCARILLE.   Quoi ? toutes deux contre mon cœur, en
même temps ! m'attaquer à droite et à gauche ! Ah ! c'est
contre le droit des gens[1] ; la partie n'est pas égale ; et je
m'en vais crier au meurtre.

280 CATHOS.   Il faut avouer qu'il dit les choses d'une manière
particulière.

MAGDELON.   Il a un tour admirable dans l'esprit.

CATHOS.   Vous avez plus de peur que de mal, et votre
cœur crie avant qu'on l'écorche.

285 MASCARILLE.   Comment diable ! il est écorché depuis la
tête jusqu'aux pieds.

---

1. *Le droit des gens :* à l'époque, ébauche de règles internationales
régissant les rapports des nations en guerre.

Scène 9

À PRÉCIEUSES, PRÉCIEUX ET DEMI...

Cette scène est le grand moment de comédie de la pièce, qui tournera à la farce à plusieurs reprises. Molière profite du mouvement créé par le personnage de Mascarille pour régler un certain nombre de comptes.

1. Dégagez les diverses parties de la scène, en montrant à chaque fois la souplesse naturelle des enchaînements (il faut se rappeler que la « conversation » est le moment privilégié des échanges précieux).

2. Le personnage central est le nouveau venu. Sous quels jours successifs se présente-t-il aux Précieuses ébahies ? Relevez et classez les différents types de ridicules qu'il incarne avec maestria.

3. Mascarille donne-t-il l'impression de jouer un rôle entièrement appris, ou d'improviser sur un thème donné ? Justifiez votre réponse à l'aide de répliques précises. Si l'on songe que Molière partageait la salle du Petit-Bourbon avec les Italiens, essayez de discerner ce que le personnage de Mascarille doit à un personnage de la commedia dell'arte.

4. Relevez, analysez et classez par catégories, en vous aidant des indications des pages 23-24 et 137 à 141, les diverses caractéristiques du style précieux caricaturées dans cette scène.

5. L'impromptu et son explication (l. 126 à 169). Cherchez et comparez une scène similaire dans *les Femmes savantes*. Que peut-on penser de ce type de poésie ?

6. L'examen critique du vêtement (l. 242 à 271) : faites une description précise de l'équipement vestimentaire du Précieux à la mode. Cherchez dans d'autres pièces de Molière que vous connaissez des critiques analogues contre une mode outrée ?

7. Magdelon et Cathos face à Mascarille : montrez comment Molière nuance les réactions des deux cousines. Relevez précisément les indices qui pourraient révéler le début d'une rivalité entre les deux filles à propos de Mascarille : correction de formulation maladroite, prise de parole intempestive, concurrence de flagornerie, etc. Deux poules stupides pour un coq vaniteux, ou deux malheureuses bernées qui entrevoient la possibilité d'échapper à l'avenir de grisaille bourgeoise que leur a promis Gorgibus ? La comédie de caractère s'affine ici.

8. Mascarille est-il au même niveau de culture précieuse que ses hôtesses ? Justifiez votre analyse par des citations extraites de la scène.

9. Molière règle quelques comptes : rivalités théâtrales, convenances sociales, etc. Relevez et analysez quelques exemples de ces allusions non déguisées à l'actualité.

10. Le débat amoureux : comparez le début et la fin de la scène. Que peut-on en penser et pourquoi ?

11. À l'aide des (rares) indications de l'auteur, et surtout en fonction de la vivacité des dialogues et des thèmes abordés, imaginez et essayez de réaliser une mise en scène burlesque de cette « conversation de beaux esprits ». Le texte de Molière est-il par lui-même porteur d'une telle mise en scène ?

SCÈNE 10. MAROTTE, MAGDELON, MASCARILLE, CATHOS.

MAROTTE.   Madame, on demande à vous voir.

MAGDELON.   Qui ?

MAROTTE.   Le vicomte de Jodelet.

MASCARILLE.   Le vicomte de Jodelet ?

5 MAROTTE.   Oui, Monsieur.

CATHOS.   Le connaissez-vous ?

MASCARILLE.   C'est mon meilleur ami.

MAGDELON.   Faites entrer vitement.

MASCARILLE.   Il y a quelque temps que nous ne nous
10 sommes vus, et je suis ravi de cette aventure.

CATHOS.   Le voici.

SCÈNE 11. MASCARILLE, JODELET, CATHOS, MAGDELON, MAROTTE, ALMANZOR.

MASCARILLE.   Ah ! vicomte !

JODELET, *s'embrassant*[1] *l'un l'autre.*   Ah ! marquis !

MASCARILLE.   Que je suis aise de te rencontrer !

JODELET.   Que j'ai de joie de te voir ici !

5 MASCARILLE.   Baise-moi donc encore un peu, je te prie.

MAGDELON, *à Cathos.*   Ma toute bonne, nous commençons
d'être connues ; voilà le beau monde qui prend le chemin de
nous venir voir.

---

1. *S'embrassant :* se prenant dans les bras ; ces démonstrations
bruyantes d'amitié étaient d'usage dans la bonne société.

Robert Lombard (Jodelet) et Jean Parédès (Mascarille),
dans une mise en scène de Jean-Pierre Grandval.
Théâtre de France, 1961.

MASCARILLE.   Mesdames, agréez que je vous présente ce
10 gentilhomme-ci : sur ma parole, il est digne d'être connu de
vous.

JODELET.   Il est juste de venir vous rendre ce qu'on vous
doit ; et vos attraits exigent leurs droits seigneuriaux[1] sur
toutes sortes de personnes.

15 MAGDELON.   C'est pousser vos civilités jusqu'aux derniers
confins de la flatterie.

CATHOS.   Cette journée doit être marquée dans notre
almanach[2] comme une journée bienheureuse.

MAGDELON, *à Almanzor*.   Allons, petit garçon[3], faut-il toujours

---

1. *Droits seigneuriaux :* droit de l'hommage des vassaux à leur seigneur
et suzerain.
2. *Almanach :* il servait aussi d'agenda.
3. *Petit garçon :* les jeunes laquais étaient à la mode. Lors de la
création, le rôle d'Almanzor était tenu par un acteur grand et fort.

20 vous répéter les choses ? Voyez-vous pas qu'il faut le surcroît d'un fauteuil[1] ?

MASCARILLE.   Ne vous étonnez pas de voir le Vicomte de la sorte ; il ne fait que sortir d'une maladie qui lui a rendu le visage pâle[2] comme vous le voyez.

25 JODELET.   Ce sont fruits des veilles de la cour et des fatigues de la guerre.

MASCARILLE.   Savez-vous, Mesdames, que vous voyez dans le Vicomte un des plus vaillants hommes du siècle ? C'est un brave à trois poils[3].

30 JODELET.   Vous ne m'en devez rien[4], Marquis ; et nous savons ce que vous savez faire aussi.

MASCARILLE.   Il est vrai que nous nous sommes vus tous deux dans l'occasion[5].

JODELET.   Et dans des lieux où il faisait fort chaud.

35 MASCARILLE, *regardant Cathos et Magdelon*.   Oui ; mais non pas si chaud qu'ici. Hay, hay, hay !

JODELET.   Notre connaissance s'est faite à l'armée ; et la première fois que nous nous vîmes, il commandait un régiment de cavalerie sur les galères de Malte[6].

40 MASCARILLE.   Il est vrai ; mais vous étiez pourtant dans l'emploi avant que j'y fusse ; et je me souviens que je n'étais

---

1. *Le surcroît d'un fauteuil* : un fauteuil supplémentaire.
2. *Le visage pâle* : Jodelet est un acteur « enfariné » (voir p. 20).
3. *À trois poils* : terme utilisé par les marchands de velours pour désigner un tissu de qualité supérieure (présence de trois fils de soie dans la trame).
4. *Vous ne m'en devez rien* : vous ne m'êtes nullement inférieur.
5. *Occasion* : ici, combat guerrier.
6. *Galères de Malte* : l'ordre des Chevaliers de Malte luttait contre les Turcs dans le bassin méditerranéen.

que petit officier[1] encore, que vous commandiez deux mille chevaux.

JODELET. La guerre est une belle chose ; mais, ma foi, la
45 cour récompense bien mal aujourd'hui les gens de service[2] comme nous.

MASCARILLE. C'est ce qui fait que je veux pendre l'épée au croc[3].

CATHOS. Pour moi, j'ai un furieux tendre pour les hommes
50 d'épée.

MAGDELON. Je les aime aussi ; mais je veux que l'esprit assaisonne la bravoure.

MASCARILLE. Te souvient-il, Vicomte, de cette demi-lune[4] que nous emportâmes sur les ennemis au siège d'Arras ?

55 JODELET. Que veux-tu dire avec ta demi-lune ? C'était bien une lune tout entière.

MASCARILLE. Je pense que tu as raison.

JODELET. Il m'en doit bien souvenir, ma foi : j'y fus blessé à la jambe d'un coup de grenade, dont je porte encore les
60 marques. Tâtez un peu, de grâce, vous sentirez quelque coup, c'était là.

CATHOS, *après avoir touché l'endroit*. Il est vrai que la cicatrice est grande.

MASCARILLE. Donnez-moi un peu votre main, et tâtez celui-
65 ci, là, justement au derrière de la tête : y êtes-vous ?

MAGDELON. Oui : je sens quelque chose.

---

1. *Petit officier :* officier subalterne.
2. *Gens de service :* soldats au service du roi.
3. *Pendre l'épée au croc :* renoncer au métier militaire.
4. *Demi-lune :* élément de fortification des places militaires, dont le tracé est partiellement circulaire. La prise d'Arras sur les Espagnols avait eu lieu en 1640.

MASCARILLE.   C'est un coup de mousquet que je reçus la dernière campagne que j'ai faite.

JODELET, *découvrant sa poitrine.*   Voici un autre coup qui me
70   perça de part en part à l'attaque de Gravelines[1].

MASCARILLE, *mettant la main sur le bouton de son haut-de-chausses.*   Je vais vous montrer une furieuse plaie.

MAGDELON.   Il n'est pas nécessaire : nous le croyons sans y regarder.

75   MASCARILLE.   Ce sont des marques honorables qui font voir ce qu'on est.

CATHOS.   Nous ne doutons point de ce que vous êtes.

MASCARILLE.   Vicomte, as-tu là ton carrosse ?

JODELET.   Pourquoi ?

80   MASCARILLE.   Nous mènerions promener ces Dames hors des portes, et leur donnerions un cadeau.

MAGDELON.   Nous ne saurions sortir aujourd'hui.

MASCARILLE.   Ayons donc les violons pour danser.

JODELET.   Ma foi, c'est bien avisé.

85   MAGDELON.   Pour cela, nous y consentons ; mais il faut donc quelque surcroît de compagnie.

MASCARILLE.   Holà ! Champagne, Picard, Bourguignon, Casquaret, Basque, la Verdure, Lorrain, Provençal, la Violette[2] ! Au diable soient tous les laquais ! Je ne pense pas qu'il y ait
90   gentilhomme en France plus mal servi que moi. Ces canailles me laissent toujours seul.

MAGDELON.   Almanzor, dites aux gens[3] de Monsieur qu'ils

---

1. *Gravelines :* place forte du nord de la France, prise sur les Espagnols en 1658.
2. *Champagne, ..., la Violette :* on désignait alors souvent les laquais par les noms de leur province d'origine ou par un surnom plus ou moins moqueur.
3. *Gens :* serviteurs.

aillent quérir des violons[1], et nous faites venir ces Messieurs et ces Dames d'ici près, pour peupler la solitude de notre
95 bal.

(Almanzor sort.)

MASCARILLE.   Vicomte, que dis-tu de ces yeux ?

JODELET.   Mais toi-même, Marquis, que t'en semble ?

MASCARILLE.   Moi, je dis que nos libertés auront peine à sortir d'ici les braies nettes[2]. Au moins, pour moi, je reçois
100 d'étranges secousses, et mon cœur ne tient plus qu'à un filet[3].

MAGDELON.   Que tout ce qu'il dit est naturel ! Il tourne les choses le plus agréablement du monde.

CATHOS.   Il est vrai qu'il fait une furieuse dépense en esprit.

MASCARILLE.   Pour vous montrer que je suis véritable[4], je
105 veux faire un impromptu là-dessus. *(Il médite.)*

CATHOS.   Eh ! je vous en conjure de toute la dévotion[5] de mon cœur : que nous ayons quelque chose qu'on ait fait pour nous.

JODELET.   J'aurais envie d'en faire autant ; mais je me trouve
110 un peu incommodé[6] de la veine poétique, pour[7] la quantité des saignées que j'y ai faites ces jours passés.

MASCARILLE.   Que diable est cela ? Je fais toujours bien le premier vers ; mais j'ai peine à faire les autres. Ma foi, ceci est un peu trop pressé : je vous ferai un impromptu à loisir[8],
115 que vous trouverez le plus beau du monde.

JODELET.   Il a de l'esprit comme un démon.

---

1. *Violons :* joueurs de violon.
2. *Les braies nettes :* la culotte propre.
3. *À un filet :* à un petit fil ; nous dirions aujourd'hui « à un fil ».
4. *Véritable :* sincère quand je parle ainsi.
5. *Dévotion :* ardeur.
6. *Incommodé :* malade, diminué.
7. *Pour :* en raison de.
8. *À loisir :* en prenant mon temps.

81

Mascarille, mis en scène par Jean-Pierre Vincent
dans le cadre du cours de 3ᵉ année,
au Conservatoire national supérieur d'art dramatique, 1989.

MAGDELON.   Et du galant, et du bien tourné.

MASCARILLE.   Vicomte, dis-moi un peu, y a-t-il longtemps que tu n'as vu la Comtesse ?

120 JODELET.   Il y a plus de trois semaines que je ne lui ai rendu visite.

MASCARILLE.   Sais-tu bien que le Duc m'est venu voir ce matin, et m'a voulu mener à la campagne courir[1] un cerf avec lui ?

125 MAGDELON.   Voici nos amies qui viennent.

---

1. *Courir :* chasser à courre.

Scènes 10 et 11

DE LA COMÉDIE À LA FARCE :
ENTRÉE DE « LA PERLE DES ENFARINÉS »

Avec l'annonce — soigneusement claironnée — puis l'arrivée effective sur scène d'un bouffon célèbre précédé du titre de « vicomte », Molière est sûr de son effet : tout Paris connaissait l'enfariné qui avait fait les beaux jours de l'Hôtel du Marais (voir p. 18 à 20). Mais l'auteur est alors obligé de faire évoluer rapidement la conduite de la pièce vers le tourbillon final qui sera de pure farce.

1. Quel effet produit la répétition des lignes 3-4 de la scène 10?

2. L'entrée de Jodelet boucle la série des « couples » comiques qui constituent la trame de la pièce : couple instigateur du piège (La Grange-Du Croisy), couple victime du piège (Magdelon-Cathos), couple instrument du piège (Mascarille-Jodelet). Comme pour les deux autres couples, Molière ne peut pas doubler les effets sous peine de redite.
On relèvera donc les diverses étapes qui conduisent la scène 11 du comique galant du début aux grossièretés gaillardes de la fin. Montrez en particulier comment Molière remplace peu à peu le comique de mots par un comique de gestes aux effets de plus en plus gros, dans la tradition de la farce populaire volontiers grivoise, voire rabelaisienne et scatologique.

3. Le personnage de Jodelet permet aussi de mettre un terme à la tension de rivalité perceptible entre les deux Précieuses à propos de Mascarille. Repérez avec précision les paroles qui indiquent les couples en voie de formation.

4. À quels signes ou à quelles paroles se révèle, à l'insu des Précieuses, la complicité des deux valets déguisés (plaisanteries codées, allusions à un passé commun, etc.) ?

5. Dans le couple de « farceurs », lequel mène la danse, et pourquoi ? Comment peut-on interpréter ce rôle moteur ?

6. Quelles explications pourrait-on donner aux propos, ambigus malgré tout, de Magdelon (ligne 82), qui se hâtent de couper court aux projets de partie de campagne ?

7. De quelle façon pourrait-on transposer dans le monde moderne

les propos mondains des lignes 118 à 124 ? Quels sont ici les éléments éternels de la futilité mondaine ?

8. Après la conversation, le bal improvisé, à défaut de la partie de campagne : sur le plan de la stratégie amoureuse propre à la préciosité, quelle est la valeur de cet épisode ?

9. Sur l'ensemble de la scène : montrez l'habileté de Molière pour accélérer le tempo de l'action. Quelle est, de ce point de vue, l'utilité dramatique du bal ?

SCÈNE 12. JODELET, MASCARILLE, CATHOS, MAGDELON, MAROTTE, LUCILE, CÉLIMÈNE, ALMANZOR, VIOLONS.

MAGDELON. Mon Dieu, mes chères, nous vous demandons pardon. Ces Messieurs ont eu fantaisie de nous donner les âmes des pieds ; et nous vous avons envoyé quérir pour remplir les vides de notre assemblée.

5 LUCILE. Vous nous avez obligées, sans doute.

MASCARILLE. Ce n'est ici qu'un bal à la hâte ; mais l'un de ces jours nous vous en donnerons un dans les formes. Les violons sont-ils venus ?

ALMANZOR. Oui, Monsieur ; ils sont ici.

10 CATHOS. Allons donc, mes chères, prenez place.

MASCARILLE, *dansant lui seul comme par prélude.* La, la, la, la, la, la, la, la.

MAGDELON. Il a tout à fait la taille élégante.

CATHOS. Et a la mine de danser proprement[1].

15 MASCARILLE, *ayant pris Magdelon pour danser.* Ma franchise va danser la courante[2] aussi bien que mes pieds[3]. En cadence, violons, en cadence. Oh ! quels ignorants ! Il n'y a pas moyen de danser avec eux. Le diable vous emporte ! ne sauriez-vous jouer en mesure ? La, la, la, la, la, la, la, la. Ferme, ô violons 20 de village.

JODELET, *dansant ensuite.* Holà ! ne pressez pas si fort la cadence : je ne fais que sortir de maladie.

---

1. *Proprement* : de manière distinguée, avec art.
2. *Courante* : danse rapide d'origine italienne.
3. Toute la phrase constitue une expression alambiquée évoquant le piège amoureux de la danse, preneur de « franchise », c'est-à-dire de liberté.

SCÈNE 13. DU CROISY, LA GRANGE, MASCARILLE, JODELET, CATHOS, MAGDELON, LUCILE, CÉLIMÈNE, MAROTTE, VIOLONS.

LA GRANGE, *un bâton à la main.* Ah ! ah ! coquins, que faites-vous ici ? Il y a trois heures que nous vous cherchons.

MASCARILLE, *se sentant battre.* Ahy ! ahy ! ahy ! vous ne m'aviez pas dit que les coups en seraient aussi[1].

5 JODELET. Ahy ! ahy ! ahy !

LA GRANGE. C'est bien à vous, infâme[2] que vous êtes, à vouloir faire l'homme d'importance.

DU CROISY. Voilà qui vous apprendra à vous connaître[3].

(Ils sortent.)

SCÈNE 14. MASCARILLE, JODELET, CATHOS, MAGDELON, LUCILE, CÉLIMÈNE, MAROTTE, VIOLONS.

MAGDELON. Que veut donc dire ceci ?

JODELET. C'est une gageure[4].

CATHOS. Quoi ! vous laisser battre de la sorte !

MASCARILLE. Mon Dieu, je n'ai pas voulu faire semblant
5 de rien[5] ; car je suis violent, et je me serais emporté.

---

1. *Que les coups en seraient aussi :* que les coups feraient partie de la farce.
2. *Infâme :* au sens étymologique, homme sans réputation, de peu de valeur, misérable.
3. *Vous connaître :* savoir ce que vous êtes exactement.
4. *Gageure :* un gage convenu dans un pari.
5. *Rien :* quoi que ce fût. Sens étymologique de « rien » signifiant alors « quelque chose », et qui disparaîtra.

MAGDELON.   Endurer un affront comme celui-là, en notre présence !

MASCARILLE.   Ce n'est rien : ne laissons pas d'achever. Nous nous connaissons il y a longtemps ; et entre amis, on
10   ne va pas se piquer pour si peu de chose.

Scènes 12 à 14

DU TRIOMPHE DE L'AMOUR À LA DÉBANDADE : APOTHÉOSE ET CATASTROPHE

Le dénouement approche. La parade amoureuse du bal, si burlesque qu'elle soit, semble consacrer les rêves des Précieuses et la réussite des valets déguisés. Mais l'irruption des prétendants bafoués et la pluie de coups de bâton viennent surprendre les uns et les autres en mettant un terme à cette « fête des fous ». On peut imaginer que le parterre se tient les côtes de rire...

1. Relevez dans la scène 12 les détails de grosse farce qui font du bal improvisé une caricature de mondanité (gestes, langage, etc.).

2. Que traduisent, à votre avis, la brutalité et la trivialité de l'intervention de La Grange et de Du Croisy à la scène 13 ?

3. La surprise de Mascarille (l. 3-4) est-elle feinte ou réelle ? Quel trait de caractère cela révèle-t-il chez les jeunes seigneurs qui ont combiné le coup ?

4. Montrez que, d'une certaine manière, cette énorme farce pourrait quand même avoir quelques aspects ambigus.

5. Dans la scène 14, quelle distance s'instaure immédiatement entre les Précieuses et le couple Mascarille-Jodelet ? Pourquoi ? Justifiez, de ce point de vue, la brièveté de cette scène. N'y a-t-il pas là un risque de rupture du rythme dans la fin de la pièce ? Comment Molière rétablit-il la continuité comique ? Grâce à quel personnage ?

6. Étudiez, sur l'ensemble des trois scènes, le rythme de la construction dramatique.

SCÈNE 15. DU CROISY, LA GRANGE, MASCARILLE, JODELET, MAGDELON, CATHOS, LUCILE, CÉLIMÈNE, MAROTTE, VIOLONS, SPADASSINS.

LA GRANGE. Ma foi, marauds, vous ne vous rirez pas de nous, je vous promets. Entrez, vous autres.

(Trois ou quatre spadassins entrent.)

MAGDELON. Quelle est donc cette audace, de venir nous troubler de la sorte dans notre maison ?

5 DU CROISY. Comment, Mesdames, nous endurerons que nos laquais soient mieux reçus que nous ? qu'ils viennent vous faire l'amour à nos dépens et vous donnent le bal ?

MAGDELON. Vos laquais ?

LA GRANGE. Oui, nos laquais : et cela n'est ni beau ni
10 honnête de nous les débaucher comme vous faites.

MAGDELON. Ô ciel ! quelle insolence !

LA GRANGE. Mais ils n'auront pas l'avantage de se servir de nos habits pour vous donner dans la vue[1] ; et si vous les voulez aimer, ce sera, ma foi, pour leurs beaux yeux. Vite,
15 qu'on les dépouille sur-le-champ.

JODELET. Adieu notre braverie[2].

MASCARILLE. Voilà le marquisat et la vicomté à bas.

DU CROISY. Ha ! ha ! coquins, vous avez l'audace d'aller sur nos brisées[3] ! Vous irez chercher autre part de quoi vous
20 rendre agréables aux yeux de vos belles, je vous en assure.

---

1. *Vous donner dans la vue :* vous impressionner par leur allure.
2. *Braverie :* élégance vestimentaire.
3. *Aller sur nos brisées :* expression du jargon de la chasse à courre, encore usitée de nos jours.

Le marquisat et la vicomté à bas.
Illustration (détail) pour *les Précieuses ridicules,* édition de 1681,
Bibliothèque de l'Arsenal, Paris.

LA GRANGE.   C'est trop que de nous supplanter, et de nous supplanter avec nos propres habits.

MASCARILLE.   Ô fortune ! quelle est ton inconstance !

DU CROISY.   Vite, qu'on leur ôte jusqu'à la moindre chose.

25 LA GRANGE.   Qu'on emporte toutes ces hardes, dépêchez. Maintenant, Mesdames, en l'état qu'ils sont, vous pouvez continuer vos amours avec eux tant qu'il vous plaira ; nous vous laissons toute sorte de liberté pour cela, et nous vous protestons[1], Monsieur et moi, que nous n'en serons aucunement
30 jaloux.

CATHOS.   Ah ! quelle confusion !

MAGDELON.   Je crève de dépit.

VIOLONS, *au Marquis*.   Qu'est-ce donc que ceci ? Qui nous payera, nous autres ?

35 MASCARILLE.   Demandez à Monsieur le Vicomte.

VIOLONS, *au Vicomte*.   Qui est-ce qui nous donnera de l'argent ?

JODELET.   Demandez à Monsieur le Marquis.

SCÈNE 16.   GORGIBUS, MAGDELON, MASCARILLE, JODELET, CATHOS, VIOLONS.

GORGIBUS.   Ah ! coquines que vous êtes, vous nous mettez dans de beaux draps blancs, à ce que je vois ! et je viens d'apprendre de belles affaires, vraiment, de ces Messieurs qui sortent !

5 MAGDELON.   Ah ! mon père, c'est une pièce sanglante qu'ils nous ont faite.

---

1. *Protestons* : assurons, promettons solennellement.

GORGIBUS.   Oui, c'est une pièce sanglante, mais qui est un effet de votre impertinence, infâmes ! Ils se sont ressentis[1] du traitement que vous leur avez fait ; et cependant, malheureux que je suis, il faut que je boive l'affront.

MAGDELON.   Ah ! je jure que nous en serons vengées, ou que je mourrai en la peine[2]. Et vous, marauds, osez-vous vous tenir ici après votre insolence ?

MASCARILLE.   Traiter comme cela un marquis ! Voilà ce que c'est que du monde ! la moindre disgrâce nous fait mépriser de ceux qui nous chérissaient. Allons, camarade, allons chercher fortune autre part : je vois bien qu'on n'aime ici que la vaine apparence, et qu'on n'y considère point la vertu[3] toute nue.

(Ils sortent tous deux.)

SCÈNE 17.   GORGIBUS, MAGDELON, CATHOS, VIOLONS.

VIOLONS.   Monsieur, nous entendons[4] que vous nous contentiez à leur défaut[5] pour ce que nous avons joué ici.

GORGIBUS, *les battant*.   Oui, oui, je vous vais contenter, et voici la monnaie dont je vous veux payer. Et vous, pendardes, je ne sais qui me tient[6] que je ne vous en fasse autant. Nous allons servir de fable et de risée à tout le monde, et voilà ce

---

1. *Ils se sont ressentis :* ils ont eu du ressentiment, ils ont été vexés.
2. *En la peine :* de cette peine.
3. *Vertu :* mérite.
4. *Entendons :* exigeons.
5. *Contentiez à leur défaut :* payiez notre salaire à défaut d'eux, à leur place.
6. *Qui me tient :* ce qui me retient.

Les deux Précieuses dépitées : Catherine Salviat et Virginie Pradal,
dans la mise en scène de Jean-Louis Thamin,
Comédie-Française, 1971.

que vous vous êtes attiré par vos extravagances. Allez vous
cacher, vilaines[1] ; allez vous cacher pour jamais. Et vous, qui
êtes cause de leur folie, sottes billevesées[2], pernicieux
10 amusements des esprits oisifs, romans, vers, chansons, sonnets
et sonnettes[3], puissiez-vous être à tous les diables !

J. B. P. de Molière

---

1. *Vilaines* : stupides comme des paysannes, pécores.
2. *Billevesées* : paroles vides de sens, stupides.
3. *Sonnets et sonnettes* : jeu de mots déjà traditionnel à l'époque.
L'historien Tallemant des Réaux l'attribuait à Malherbe.

Scènes 15 à 17

LES HABITS TOMBENT, LES MASQUES AUSSI : TOUT EST CONSOMMÉ

Pour clore le tourbillon du dénouement dans le registre de la farce, Molière fait bonne mesure : Mascarille et Jodelet sont dépouillés sur scène de leurs habits d'emprunt, Gorgibus revient pour distribuer gifles et punitions et envoie, pour finir, tout le monde au diable ! Ce retour à l'ordre ne peut que provoquer, par son rythme étourdissant, un énorme éclat de rire ; mais le bon sens et la raison triomphent-ils vraiment ?

1. Étudiez le comique de mots, de gestes et de situation de la scène du déshabillage. Quel doit être, selon vous, le rythme de cette scène et pourquoi ?

2. Dans ses propos (sc. 15, l. 9-10, 12 à 15 et 25 à 30 en particulier), La Grange se révèle-t-il sous son meilleur jour ? Justifiez votre réponse en montrant le caractère vindicatif de ses paroles. Sont-ce des propos d'honnête homme ? Ne traduisent-ils pas un préjugé de classe ?

3. Le retour de Gorgibus, à la scène 16, semble destiné à provoquer un surcroît d'hilarité. Le personnage a-t-il évolué depuis la scène 4 ? Justifiez votre réponse par des exemples précis.

4. Relevez les traits qui illustrent son égoïsme foncier.

5. Pourquoi Magdelon est-elle la seule à oser prendre la parole face à Gorgibus ? Justifiez votre réponse à partir de ses répliques tout au long de la pièce.

6. Que doit-on penser de la sortie de Mascarille ? Derrière les jeux de mots farcesques que vous relèverez, une leçon de philosophie désabusée ne se profile-t-elle pas ? Dans cet univers du paraître qu'est la bonne société de l'époque, et que Louis XIV va bientôt codifier avec minutie, l'habit ferait-il le moine ? Cherchez éventuellement des transpositions dans le théâtre ou le roman modernes.

7. La dernière scène distribue les ultimes taloches : sont-elles méritées par les violons qui les reçoivent ? Escroquerie mineure d'un monde d'illusion qui paie en monnaie de singe, ou, là encore, recours au comique populaire du geste qui fait toujours rire ?

8. L'ultime réplique de Gorgibus est une critique sans nuances des excès de la préciosité : relevez et analysez les termes qu'il utilise pour atteindre son objectif.

9. Dans la bouche d'un tel personnage, la leçon peut-elle vraiment porter tous ses fruits ? Une conception « noire » de cette farce ne pourrait-elle pas voir dans ce mépris des intellectuels (assuré aisément de l'approbation populaire) et dans l'enfermement des coupables — du gynécée au couvent, le pas n'est guère long à franchir — de bien sinistres présages ? Où se trouve selon vous la conception de Molière (voir p. 118-119) ?

10. Étudiez, sur les trois dernières scènes, comment le rythme s'accélère encore pour culminer dans l'explosion finale de la gesticulation colérique du bonhomme Gorgibus.

11. La crise ouverte au début de la pièce vous paraît-elle résolue quand le rideau tombe ? Est-ce une fin fermée ou ouverte ? Justifiez votre réponse.

Molière dans le rôle de Mascarille.
« Souvenir du Jardin de la noblesse française »,
peinture sur marbre, d'Abraham Bosse (1602-1676).
Coll. Kugel, B.N., Paris.

Documentation thématique

Index des principaux thèmes des *Précieuses ridicules,* p. 98

De Rabelais à nos jours : figures du snobisme, p. 100

Index des principaux thèmes

accessoires de la mode (maquillage, coiffure, parfums, etc.) : sc. 3, à partir de la l. 6 ; sc. 4, l. 1 et 2 ; sc. 6, l. 16 à 18.

amour : sc. 4, l. 33 à 61, 112 ; sc. 9, l. 25 à 37, 272 à 286 ; sc. 11, l. 35-36, 49 à 51, 96 à 100 ; sc. 15, l. 26 à 30.

apparence : sc. 1, l. 35 à 39 ; sc. 15, l. 12-13, 18 à 22 ; sc. 16, l. 17 à 19.

argent : sc. 4, l. 101 à 105 ; sc. 7, à partir de la l. 10 ; sc. 15, à partir de la l. 33.

bourgeoisie : sc. 4, l. 4 à 25, 98 à 119 ; sc. 5 ; sc. 16, l. 9-10 ; sc. 17.

code galant : sc. 1, l. 40 ; sc. 4, l. 7-8, 27 à 69 ; sc. 9, l. 1 à 37, 41, 134 à 139 ; sc. 11, l. 80-81.

divertissements littéraires : sc. 1, l. 40 ; sc. 9, l. 76 à 171, 201 à 241 ; sc. 11, l. 104 à 115.

flatterie : sc. 9, l. 2 à 17, 191 à 194, 197-198 ; sc. 11, l. 15-16.

guerre : sc. 11, l. 25 à 70.

langage : sc. 4, l. 19 à 22, 62-63, 80-81, 87 à 97 ; sc. 6.

mariage : sc. 2, l. 2 ; sc. 4, l. 4 à 25, 102 à 108, 117.

mépris : sc. 1, l. 13 à 21 ; sc. 4, l. 87 à 97 ; sc. 5 ; sc. 6, l. 3 ; sc. 12, l. 17 à 20 ; sc. 13 ; sc. 14, l. 3, 6-7 ; sc. 15 ; sc. 16.

noblesse : sc. 1, l. 38-39 ; sc. 6, l. 10 ; sc. 7 ; sc. 9, l. 121, 127, 176-177 ; sc. 10 ; sc. 11, l. 1-2, 9-10, 78, 90, 118 à 124.

Paris, parisianisme : sc. 1, l. 27 ; sc. 9, l. 42 à 48, 218-219.

province : sc. 1, l. 12, 27 ; sc. 9, l. 220.

salons : sc. 6, l. 1 à 7, 15 à 17 ; sc. 9, l. 2, 55 à 89, 98 à 105, 126 à 128 ; sc. 11, l. 6 à 8 ; sc. 12, l. 1 à 4.

vêtements féminins : sc. 9, l. 269 à 271.

vêtements masculins : sc. 4, l. 71 à 89 ; sc. 9, l. 242 à 267.

De Rabelais à nos jours : figures du snobisme

Le snob, selon les dictionnaires, est une « personne qui méprise par vanité tout ce qui n'est pas issu des milieux tenus pour distingués ou à la mode, en copie sans discernement les opinions, les manières, les usages et se fait gloire des relations qu'elle peut se faire dans ces milieux ». On identifie sans peine dans cette définition le problème fondamental des Précieuses ridicules que Molière peint dans sa pièce. Quelques textes littéraires peuvent illustrer ce phénomène de société dans ses différentes expressions, ainsi que les analyses d'un sociologue contemporain.

L'étudiant limousin de Pantagruel, ou le snobisme langagier

Au chapitre VI de *Pantagruel,* Rabelais (vers 1494-1553) ménage une rencontre entre le géant et un « escholier » de Paris. Ce dernier essaie d'impressionner son interlocuteur en jargonnant du latin francisé. Il parle ainsi de ses occupations :

« Nous transfretons la Sequane au dilucule et crépuscule ; nous déambulons par les compites et quadrivies de l'urbe ; nous despumons la verbocination latiale, et, comme verisimiles amorabonds, captons la bénévolence de l'omnijuge, omniforme et omnigène sexe féminin. Certaines diecules, nous invisons les lupanares, et en ecstase vénéréique, inculcons nos veretres ès penitissimes recesses des pudendes de ces meretricules

100

amicabilissimes ; puis cauponizons ès tabernes méritoires de la Pomme de pin, du Castel, de la Magdaleine et de la Mulle, belles spatules vervecines, perforaminées de petrosil. Et si, par forte fortune, y a rarité ou pénurie de pécune en nos marsupies et soyent exhaustes de métal ferruginé, pour l'escot nous dimittons nos codices et vestes opignerées, prestolans les tabellaires à venir des pénates et lares patriotiques. »

Devant l'étonnement de Pantagruel, l'un de ses compagnons lui donne la clef du mystère :

« Seigneur, sans doubte ce gallant veult contrefaire la langue des Parisians, mais il ne faict que escorcher le latin et cuide ainsi pindariser, et luy semble bien qu'il est quelque grand orateur en françoys, parce qu'il dédaigne l'usance commun de parler. »

À quoy dist Pantagruel :

« Est-il vray ? »

L'escholier respondit :

« Signor missayre, mon génie n'est poinct apte nate à ce que dict ce flagitiose nébulon pour escorier la cuticule de nostre vernacule gallicque ; mais viceversement je gnave opere, et par veles et rames je me enite de le locupleter de la redundance latinicome.

[...]

— J'entends bien, dist Pantagruel ; tu es Lymosin pour tout potaige, et tu veulx icy contrefaire le Parisian. Or viens cza, que je te donne un tour de pigne ! »

Lors le print à la gorge, luy disant :

« Tu escorche le latin ; par sainct Jan, je te feray escorcher le renard, car je te escorcheray tout vif. »

Lors commença le pauvre Lymosin à dire :

« Vée dicou, gentilastre ! Ho ! sainct Marsault adjouda my ! Hau, hau, laissas à quau, au nom de Dious, et ne me touquas grou ! »

À quoy dist Pantagruel :

« À ceste heure parle-tu naturellement. »

101

Le snobisme vestimentaire :
Lucien de Rubempré

Les *Illusions perdues* de Balzac (1799-1850) racontent l'ascension et la chute d'un jeune provincial doué de beauté et de bel esprit, « monté » à Paris pour faire carrière. Au premier chapitre de la deuxième partie, nous le voyons découvrant avec terreur qu'il est mal habillé.

Après avoir reconnu qu'il y avait une mise du matin et une mise du soir, le poète aux émotions vives, au regard pénétrant, reconnut la laideur de sa défroque, les défectuosités qui frappaient de ridicule son habit dont la coupe était passée de mode, dont le bleu était faux, dont le collet était outrageusement disgracieux, dont les basques de devant, trop longtemps portées, penchaient l'une vers l'autre ; les boutons avaient rougi, les plis dessinaient de fatales lignes blanches. Puis son gilet était trop court et la façon si grotesquement provinciale que, pour le cacher, il boutonna brusquement son habit. Enfin il ne voyait de pantalon de nankin qu'aux gens communs. Les gens comme il faut portaient de délicieuses étoffes de fantaisie ou le blanc toujours irréprochable ! D'ailleurs tous les pantalons étaient à sous-pieds, et le sien se mariait très mal avec les talons de ses bottes, pour lesquels les bords de l'étoffe recroquevillée manifestaient une violente antipathie. Il avait une cravate blanche à bouts brodés par sa sœur, qui, après en avoir vu de semblables à M. du Hautoy, à M. de Chandour, s'était empressée d'en faire de pareilles à son frère. Non seulement personne, excepté les gens graves, quelques vieux financiers, quelques sévères administrateurs, ne portait de cravate blanche le matin ; mais encore le pauvre Lucien vit passer de l'autre côté de la grille, sur le trottoir de la rue de Rivoli, un garçon épicier tenant un panier sur sa tête, et sur qui l'homme d'Angoulême surprit deux bouts de cravate brodés par la main de quelque grisette adorée. À cet aspect, Lucien reçut un coup à la poitrine, à cet organe encore mal défini où se réfugie notre sensibilité, où, depuis qu'il existe des sentiments, les hommes portent la main, dans les joies comme dans les douleurs excessives. Ne taxez pas ce récit de puérilité ! Certes, pour les riches qui n'ont jamais connu ces sortes de souffrances, il se trouve ici quelque chose de mesquin et d'incroyable ; mais les angoisses des malheureux ne méritent pas moins d'attention que les crises qui révolutionnent la vie des puissants et des privilégiés de la terre. Puis ne se rencontre-t-il pas autant de douleur de part et d'autre ? La souffrance agrandit tout. Enfin, changez les termes : au lieu d'un costume plus ou moins beau, mettez un ruban, une distinction, un titre ? Ces apparentes petites choses n'ont-elles pas tourmenté de brillantes existences ? La question du costume est d'ailleurs énorme chez ceux qui veulent paraître avoir ce qu'ils n'ont pas, car c'est souvent le meilleur moyen de le posséder plus tard. Lucien eut une sueur froide en pensant que le soir il allait comparaître ainsi vêtu devant la marquise d'Espard, la parente d'un premier gentilhomme de la chambre du roi, devant une femme chez laquelle allaient les illustrations de tous les genres, des illustrations choisies.

« J'ai l'air du fils d'un apothicaire, d'un vrai courtaud de boutique ! » se dit-il à lui-même avec rage en voyant passer les gracieux, les coquets, les élégants jeunes gens des familles du faubourg Saint-Germain, qui tous avaient une manière à eux qui les rendait tous semblables par la finesse des contours, par la noblesse de la tenue, par l'air du visage ; et tous différents par le cadre que chacun s'était choisi pour se faire valoir. Tous faisaient ressortir leurs avantages par une espèce de mise en scène que les jeunes gens entendent à Paris aussi bien que les femmes. Lucien tenait de sa mère les précieuses distinctions physiques dont les privilèges éclataient à ses yeux ; mais cet or était dans sa gangue, et non mis en œuvre. Ses cheveux étaient mal coupés. Au lieu de maintenir sa figure haute par une souple baleine, il se sentait enseveli dans un vilain col de chemise ; et sa cravate, n'offrant pas de résistance, lui laissait pencher sa tête attristée. Quelle femme eût deviné ses jolis pieds dans la botte ignoble qu'il avait apportée d'Angoulême ? Quel jeune homme eût envié sa jolie taille déguisée par le sac bleu qu'il avait cru jusqu'alors être un habit ?

Pour Lucien, jeune ambitieux, comme à un autre degré pour Cathos et Magdelon, l'habit contribue largement à faire le moine dans ce Paris des élégances qui ne pardonne pas le moindre écart. Il se rend bien compte qu'il n'a pas « cet air qui donne d'abord une bonne opinion des gens », comme dit Cathos de La Grange et de Du Croisy. (Que l'on songe, de nos jours, à l'importance des vêtements lors des entretiens d'embauche...)

Le snobisme du nom : les métamorphoses de Legrandin

Au début de *À la recherche du temps perdu* (Marcel Proust, 1871-1922), le narrateur, adolescent, interroge un ami de ses parents, M. Legrandin, sur ses relations éventuelles avec des nobles du voisinage, les Guermantes. Legrandin répond assez bizarrement, ce qui frappe le narrateur et l'amène à réfléchir.

« Non, reprit-il, expliquant par ses paroles sa propre intonation, non, je ne les connais pas, je n'ai jamais voulu, j'ai toujours tenu à sauvegarder ma pleine indépendance ; au fond je suis une tête jacobine, vous le savez. Beaucoup de gens sont venus à la rescousse, on me disait que j'avais tort de ne pas aller à Guermantes, que je me donnais l'air d'un malotru, d'un vieil ours. Mais voilà une réputation qui n'est pas pour m'effrayer, elle est si vraie ! Au fond, je n'aime plus au monde que quelques églises, deux ou trois livres, à peine davantage de tableaux, et le clair de lune quand la brise de votre jeunesse apporte jusqu'à moi l'odeur des parterres que mes vieilles prunelles ne distinguent plus. » Je ne comprenais pas bien que, pour ne pas aller chez des gens qu'on ne connaît pas, il fût nécessaire de tenir à son indépendance, et en quoi cela pouvait vous donner l'air d'un sauvage ou d'un ours. Mais ce que je comprenais, c'est que Legrandin n'était pas tout à fait véridique quand il disait n'aimer que les églises, le clair de lune et la jeunesse ; il aimait beaucoup les gens des châteaux et se trouvait pris devant eux d'une si grande peur de leur déplaire qu'il n'osait pas leur laisser voir qu'il avait pour amis des bourgeois, des fils de notaires ou d'agents de change, préférant, si la vérité devait se découvrir, que ce fût en son absence, loin de lui et « par défaut » ; il était snob. Sans doute il ne disait jamais rien de tout cela dans le langage que mes parents et moi-même nous aimions tant. Et si je demandais : « Connaissez-vous les Guermantes ? », Legrandin le causeur répondait : « Non, je n'ai jamais voulu les connaître. » Malheureusement il ne le répondait qu'en second, car un autre Legrandin, qu'il cachait soigneusement au fond de lui, qu'il ne montrait pas parce que ce Legrandin-là savait sur le nôtre, sur son snobisme, des histoires compromettantes, un autre Legrandin avait déjà répondu, par la blessure du regard, par le rictus de la bouche, par la gravité excessive du ton de la réponse, par les mille flèches dont notre Legrandin s'était trouvé en un instant lardé et alangui comme un saint Sébastien du snobisme : « Hélas ! que vous me faites mal ! non, je ne connais pas les Guermantes, ne réveillez pas la grande douleur de ma vie. »

Du côté de chez Swann, I.

En réalité, Legrandin le snob pousse sa situation dans le monde. Dans la suite de l'œuvre, à l'occasion d'un faire-part de deuil, la métamorphose a réussi et Legrandin est devenu « noble » (comme certains bourgeois créés par Molière), dissimulant son patronyme sous celui de son village d'origine.

[...] bien des jeunes gens des nouvelles générations et qui ne connaissaient pas les situations réelles, outre qu'ils pouvaient prendre Marie-Antoinette d'Oloron, marquise de Cambremer, pour une dame de la plus haute naissance, auraient pu commettre bien d'autres erreurs en lisant cette lettre de faire-part. Ainsi, pour peu que leurs randonnées à travers la France leur eussent fait connaître un peu le pays de Combray, en voyant que Mme L. de Méséglise, que le comte de Méséglise faisaient part dans les premiers, et tout près du duc de Guermantes, ils auraient pu n'éprouver aucun étonnement :

le côté de Méséglise et le côté de Guermantes se touchent. « Vieille noblesse de la même région, peut-être alliée depuis des générations, eussent-ils pu se dire. Qui sait ? c'est peut-être une branche des Guermantes qui porte le nom de comtes de Méséglise. » Or, le comte de Méséglise n'avait rien à voir avec les Guermantes et ne faisait même pas part du côté Guermantes, mais du côté Cambremer, puisque le comte de Méséglise, qui par un avancement rapide, n'était resté que deux ans Legrandin de Méséglise, c'était notre vieil ami Legrandin. Sans doute, faux titre pour faux titre, il en était peu qui eussent pu être aussi désagréables aux Guermantes que celui-là. Ils avaient été alliés autrefois avec les vrais comtes de Méséglise, desquels il ne restait plus qu'une femme, fille de gens obscurs et dégradés, mariée elle-même à un gros fermier enrichi de ma tante qui lui avait acheté Mirougrain et, nommé Ménager, se faisait appeler maintenant Ménager de Mirougrain, de sorte que quand on disait que sa femme était née de Méséglise, on pensait qu'elle devait être plutôt née à Méséglise et qu'elle était de Méséglise comme son mari de Mirougrain.

Tout autre titre faux eût donné moins d'ennuis aux Guermantes. Mais l'aristocratie sait les assumer, et bien d'autres encore, du moment qu'un mariage jugé utile, à quelque point de vue que ce soit, est en jeu. Couvert par le duc de Guermantes, Legrandin fut pour une partie de cette génération-là, et sera pour la totalité de celle qui la suivra, le véritable comte de Méséglise.

La Fugitive.

La sociologie moderne : analyse du phénomène

Les analyses du sociologue contemporain Pierre Bourdieu (né en 1930) éclairent le phénomène du snobisme en fonction des codes et des classes de notre société actuelle.

Les luttes pour l'appropriation des biens économiques ou culturels sont inséparablement des luttes symboliques pour l'appropriation de ces signes distinctifs que sont les biens ou les pratiques classés et classants ou pour la conservation ou la subversion des principes de classement de ces propriétés distinctives. En conséquence, l'espace des styles de vie, c'est-à-dire l'univers des propriétés par lesquelles se différencient, avec ou sans intention de distinction, les occupants des différentes positions dans l'espace social, n'est lui-même qu'un bilan à un moment donné des luttes symboliques qui ont pour enjeu l'imposition du style de vie légitime et qui trouvent une réalisation exemplaire dans les luttes pour le monopole des emblèmes de la « classe », biens de luxe, biens de culture légitime ou mode d'appropriation légitime de ces biens. La dynamique du champ dans lequel les biens culturels se produisent, se reproduisent et circulent en procurant des profits de distinction trouve son principe dans les stratégies où s'engendrent leur rareté et la croyance dans leur valeur et qui concourent à la réalisation de ces effets objectifs par la concurrence même qui les oppose : la « distinction » ou, mieux, la « classe », manifestation légitime, c'est-à-dire transfigurée et méconnaissable, de la classe sociale, n'existe que par les luttes pour l'appropriation exclusive des signes distinctifs qui font la « distinction naturelle ».

L'appropriation de la culture — problème essentiel des Précieuses ridicules — est l'une des clefs hautement symboliques de ce jeu stratégique.

La culture est un enjeu qui, comme tous les enjeux sociaux, suppose et impose à la fois qu'on entre dans le jeu et qu'on se prenne au jeu ; et l'intérêt pour la culture, sans lequel il n'est pas de course, de concours, de concurrence, est produit par la course et par la concurrence mêmes qu'il produit. Fétiche entre les fétiches, la valeur de la culture s'engendre dans l'investissement originaire qu'implique le fait même d'entrer dans le jeu, dans la croyance collective en la valeur du jeu qui fait le jeu et que refait sans cesse la concurrence pour les enjeux. L'opposition entre l'« authentique » et le « simili », la « vraie » culture et la « vulgarisation », qui fonde le jeu en fondant la croyance dans la valeur absolue de l'enjeu, cache une collusion non moins indispensable à la production et à la reproduction de l'*illusio,* reconnaissance fondamentale du jeu et des enjeux culturels : la distinction et la prétention, la haute culture et la culture moyenne — comme ailleurs la haute couture et la couture, la haute coiffure et la coiffure, et ainsi de suite — n'existent que l'une par l'autre et c'est leur relation ou, mieux, la collaboration objective de leurs appareils de production et de leurs clients respectifs qui produit la valeur de la culture et le besoin de se l'approprier. [...]

Les luttes dont l'enjeu est tout ce qui, dans le monde social, est de l'ordre de la croyance, du crédit et du discrédit, de la perception et de l'appréciation, de la connaissance et de la reconnaissance, nom, renom, prestige, honneur, gloire, autorité, tout ce qui fait le pouvoir symbolique comme pouvoir reconnu, ne concernent jamais que les détenteurs « distingués » et les prétendants « prétentieux ». Reconnaissance de la distinction qui s'affirme dans l'effort pour se l'approprier, fût-ce sous les espèces illusoires du bluff ou du simili, et pour se démarquer par rapport à ceux qui en sont dépourvus, la prétention inspire l'acquisition, par soi banalisante, des propriétés jusque-là les plus distinctives, et contribue par là à soutenir continûment la tension du marché des biens symboliques, contraignant les détenteurs des propriétés distinctives menacées de divulgation et de vulgarisation à rechercher indéfiniment dans de nouvelles propriétés l'affirmation de leur rareté.

Ces rapports ambigus permettent aux imposteurs de se faire parfois une place — et l'on songe ici à ce que serait un Mascarille qui réussirait dans la « communication ».

Le signe le plus sûr de la légitimité étant l'assurance avec laquelle elle s'affirme et qui, comme on dit, « en impose », le bluff, s'il réussit, et d'abord auprès du bluffeur lui-même, est une des seules manières d'échapper aux limites de la condition en jouant de l'autonomie relative du symbolique (c'est-à-dire de la capacité de donner des représentations et de percevoir des représentations) pour imposer une représentation de soi normalement associée à une condition supérieure et lui assurer l'adhésion et la reconnaissance qui en font une représentation légitime, objective.

Ainsi peut-on analyser, en termes tout à fait contemporains, le malaise dont sont victimes Cathos et Magdelon : c'est le divorce entre apparence et réalité, ce même mal dont souffre, selon Pierre Bourdieu, la bourgeoisie moyenne aujourd'hui.

Leur souci du paraître, qui peut être vécu sur le mode de la conscience malheureuse, parfois travestie en arrogance (ce sont les « ça m'suffit », « ça m'plaît », des villas petites-bourgeoises), est aussi au principe de leurs prétentions, disposition permanente à cette sorte de bluff ou d'usurpation d'identité sociale qui consiste à devancer l'être par le paraître, à s'approprier les apparences pour avoir la réalité, le nominal pour avoir le réel, à essayer de modifier les positions dans les classements objectifs en modifiant la représentation des rangs dans le classement ou des principes de classement.

La Distinction, II, 4, Éditions de Minuit, 1979.

Corneille lisant *Polyeucte* chez la marquise de Rambouillet.
Illustration de P. Philippoteaux (1815-1884).

Annexes

La préciosité,
source de l'œuvre

Quand Molière s'attaque avec entrain aux excès de la préciosité
en France, ce mouvement a vu le jour depuis quelques années
déjà. Cinq ans auparavant, un noble français, Renaud de
Sévigné, a écrit à la duchesse de Savoie une lettre célèbre où
l'on relève le passage suivant : « Il y a une nature de filles
et de femmes à Paris que l'on nomme ''Précieuses'', qui ont
un jargon et des mines, avec un déhanchement merveilleux ;
l'on en a fait une carte pour naviguer en leur pays. » C'est
la première mention historiquement attestée du mot et du
mouvement, à la fois intellectuel et social.

Mouvement européen ou français ?

On a longtemps — et longuement parfois — insisté sur les
influences étrangères qui auraient pu déterminer l'éclosion de
la préciosité en France. On a convoqué, pour ce faire, des
mouvements littéraires datés de la fin du XVIᵉ siècle ou du
début du XVIIᵉ : l'*euphuisme,* du nom du héros d'un roman
anglais de Lily publié en 1579 ; le *gongorisme,* d'après le nom
d'un poète espagnol, Góngora, mort en 1627 ; le *marinisme,*
enfin, d'après le nom d'un poète italien disparu en 1625,
Marini, connu en France comme le Cavalier Marin.
   En fait, il semble bien aujourd'hui que ces influences n'aient
été que fort diffuses, et limitées au domaine de l'écriture
poétique ou littéraire en général. Il y a en effet, dans la
préciosité « à la française », à côté des aspects linguistiques
et littéraires proprement dits, une double dimension sociale
et morale qui paraît spécifique.

La « Chambre bleue »

La rudesse des manières, inspirées de comportements soldatesques, semble bien avoir choqué certaines âmes délicates de la bonne société au début du XVIIᵉ siècle. Les troubles des guerres civiles qui avaient déchiré la France, s'ils expliquaient bien des choses, ne les excusaient pas pour autant : grossièreté de langage, façons cavalières, mépris des femmes étaient monnaie courante, à la Cour comme à la ville.

Contre ce siècle qui blessait leur délicatesse et outrageait trop souvent leur dignité, certaines femmes réagirent et constituèrent des sociétés amicales, des salons mondains, où l'on s'efforçait de se comporter avec bienséance, de parler un langage plus châtié, de se divertir honnêtement. Ainsi Catherine de Vivonne, marquise de Rambouillet (1588-1665), prend-elle l'habitude, dès 1620, de convier chez elle une société choisie qui tente de mettre en pratique ces idées nouvelles. On se réunit dans la « Chambre bleue » de cet hôtel particulier parisien de la rue Saint-Thomas-du-Louvre qu'elle a fait bâtir et aménager sur ses propres plans et directives. Même si la marquise est appelée « Arthénice », anagramme — aux sonorités antiques — de son prénom, la préciosité (il faut lui en rendre grâce) a été le laboratoire de « l'honnête homme » avant de sombrer dans le ridicule.

Littérature, morale et société

« L'hôtel de Rambouillet était pour ainsi dire le rendez-vous de ce qu'il y avait de plus galant à la Cour et de plus poli parmi les beaux esprits du siècle », note l'historien Tallemant des Réaux (1619-1692). Nommer les hôtes assidus du salon d'Arthénice, c'est faire la liste de l'élite politico-littéraire du temps : Richelieu, la princesse de Conti, les ducs d'Enghien et de La Rochefoucauld, Mmes de Sévigné et de La Fayette ; Malherbe, Marini, Vaugelas, Chapelain, Voiture, les Scudéry,

Madeleine de Scudéry. Gravure du XVIIe siècle (B.N., Paris), agrémentée d'un quatrain :
« Si la Grèce autrefois fertile en beaux esprits
S'applaudissait de voir sa Sapho sans pareille
La France en Scudéry produit une merveille
Qui ne lui fait pas moins d'honneur par ses écrits. »

114

Cotin, Scarron, Corneille en personne, le jeune Bossuet, etc., pour ne citer que les plus célèbres.

Divertissements et compositions littéraires, lectures de *l'Astrée,* roman sentimental d'Honoré d'Urfé (1607-1624), jeux et plaisanteries de société, longues conversations occupent les invités. On y renouvelle — sans le savoir — les « cours d'amour » des châtelaines occitanes du Moyen Âge, avec le même souci d'épurer les mœurs et le langage. Des préoccupations féministes se font clairement jour ; on débat par exemple sur le thème suivant : « Le mariage est-il compatible avec l'amour ? »

De la chambre d'Arthénice
au salon de Sapho

La mort de Voiture (1648), puis la Fronde marquent un tournant dans l'histoire de la préciosité. Mlle de Scudéry (1607-1701), ancienne invitée de la « Chambre bleue », se fait appeler « Sapho » et fonde son propre salon, où ne fréquentent plus les nobles, mais uniquement des bourgeois et des gens de lettres, de moins haute volée que les habitués de l'hôtel de Rambouillet. C'est là que l'on découvre et commente les romans-fleuves de la maîtresse de maison (*le Grand Cyrus,* en dix volumes échelonnés de 1649 à 1653 ; *Clélie,* en dix volumes également, publiés de 1654 à 1660). Ces œuvres sont fort à la mode quand Molière écrit *les Précieuses ridicules* (cf. sc. 4).

Peu à peu, en effet, en passant de *l'Astrée* à la *Carte de Tendre,* la préciosité française change de nature. Élitiste et parisienne au départ, elle n'a pas su — ou pas voulu — trouver le moyen de rester à son haut niveau d'exigence morale et intellectuelle en se diffusant. En termes proustiens, on pourrait dire que, issue du salon des Guermantes, elle évolue trop rapidement vers celui des Verdurin et tourne à l'outrance.

De l'idéal aux singeries

De 1656 à 1658, l'abbé de Pure fait paraître *la Précieuse ou le Mystère des ruelles,* un roman à clef(s) où sont illustrées toutes les caractéristiques de celles que l'on appelle (à coup sûr depuis 1654) les Précieuses, qui ont multiplié salons et ruelles. La préciosité est devenue singerie des belles manières, tromperie sociale, rêve d'anoblissement d'une petite bourgeoisie en mal d'identification et de reconnaissance sociale.

C'est à ce moment de l'évolution, qui est corruption de l'idéal véritable des Précieux de la première heure, que Molière entre en scène. L'élite intellectuelle de la société s'est alors retirée de ces jeux de snobs coupés du monde réel, qui tentent de protéger leur vacuité spirituelle par l'utilisation de codes et de jargons à valeur de passeport. Deux ans après la création des *Précieuses ridicules,* Somaize publiera le *Grand Dictionnaire des Précieuses* (1661), sorte de dictionnaire bilingue français-précieux qui accélère et enregistre l'état de vulgarisation, dans le mauvais sens du terme, d'un mouvement né en faveur d'une société plus cultivée et mieux policée.

Précieux et Précieuses d'aujourd'hui ?

La préciosité ridicule est de tous les siècles. Sans trop forcer la comparaison — « car il n'y a rien à meilleur marché que le bel esprit aujourd'hui » —, certaines coteries contemporaines, avec leur *look* et leur parler « branché », offrent de réjouissants avatars des ridicules mis en scène par Molière. Il faut être habillé par B..., coiffé par M..., chaussé par X..., et se rendre en Y... aux spectacles du Z..., pour être à la page. Le « plus classe, tu meurs » des années 80 est-il si éloigné du « Est-ce qu'on n'en meurt point » de Cathos ? Les « branchés » du siècle seraient-ils l'ultime avatar — et la revanche — des Précieux de Molière ? Peut-être pourrait-on se hasarder à répondre : « Absolument » ou « Tout à fait » !

Pantins de scène
et portraits psychologiques

L'aspect farcesque des personnages des *Précieuses* est suffisamment clair à la lecture pour que l'on n'y revienne pas : chacun d'eux, à un moment ou à un autre, présente, dans ses paroles ou ses actions, cet aspect de « mécanique plaqué sur du vivant » (Bergson, *le Rire*) qui est le propre du comique et qui déclenche automatiquement le rire du spectateur. Dans son contact quotidien avec le public, Molière a pu observer et noter quelques « ficelles » de métier dont le succès est garanti, et il ne faut donc pas s'étonner de le voir y recourir ; il le fera, à des degrés divers, jusque dans ses plus grandes comédies.

Les arrière-plans sont pourtant perceptibles, au détour d'un propos ou d'une réplique. Les personnages prennent alors une épaisseur humaine. Sans faire des *Précieuses* une œuvre d'auteur ayant atteint la maturité, il est permis d'y voir quand même autre chose qu'une simple pochade destinée à remplir le théâtre en flattant complaisamment le goût du public.

La Grange et Du Croisy :
la revanche des seigneurs et des hommes

Ces deux jeunes gens de qualité ont toute la fatuité de leur condition : en déclarant « ... quand nous aurions été les dernières personnes du monde... » (sc. 1), visiblement, ils affirment leur appartenance à l'élite. Pourquoi donc se mettre en frais de toilette pour deux pécores dont on a arrangé l'achat avec leur responsable ? Elles devraient s'estimer bien heureuses d'avoir été remarquées par ces brillants représentants d'un état « si fort au-dessus du leur ».

Pis, elles ajoutent leur provincialisme à leur classe sans éclat : « A-t-on jamais vu, dites-moi, deux pecques provinciales faire plus les renchéries [...] et deux hommes traités avec plus de mépris... ? » C'est l'orgueil mâle blessé qui s'exprime, et de la manière la plus crue et la moins galante qui soit. L'humiliation subie sera chèrement payée.

On jettera donc d'abord un valet beau parleur dans les bras des « impertinentes ». Un siècle plus tard, Don Giovanni, chez Mozart et Da Ponte, redonne Zerline à Leporello (I, 19), avant d'essayer de violer celle-là (I, 22) puis d'assommer celui-ci (II, 5). Ce sont là « jeux » de princes qui, pour grands qu'ils soient, n'en sont pas moins des hommes... Puis on rossera les uns, au prix d'une légère forfaiture à leur égard (« Vous ne m'aviez pas dit que les coups en seraient aussi ! », sc. 13), et on humiliera publiquement les autres, en les quittant sur des paroles très révélatrices : « ... nous n'en serons aucunement jaloux » (sc. 15). En somme, une bonne farce de jeunesse dorée pour punir des « croquantes » qui n'avaient pas apprécié à sa juste valeur l'honneur qu'on leur voulait faire !

Gorgibus : l'image du père ?

Si brèves que soient les apparitions du responsable légal des deux Précieuses « à marier », elles portent cependant sur le personnage un éclairage passablement ambigu. Le bonheur personnel des filles dont il a la garde est manifestement le cadet de ses soucis ; seules comptent à ses yeux sa bourse, sa quiétude et sa réputation : « Ces pendardes-là [...] ont envie de me ruiner » (sc. 3) ; « Je me lasse de vous avoir sur les bras » (sc. 4) ; « ... malheureux que je suis, il faut que je boive l'affront » (sc. 16).

Gorgibus amorce, dans le théâtre de Molière, la longue série des pères tyranniques pour qui l'autorité sans partage est la seule méthode d'éducation et de gouvernement domestique : « Vous avais-je pas commandé... » ; « ... je veux résolument que vous vous disposiez... » ; « ... je veux être maître absolu ; et, pour trancher toutes sortes de discours... » (sc. 4). L'argument ultime de ce despotisme très XVIIᵉ siècle est bien évidemment la gifle : « ... voici la monnaie dont je vous veux payer. Et vous, pendardes, je ne sais qui me tient que je ne vous en fasse autant » (sc. 17). Cette violence physique est assortie de menaces d'enfermement en guise de punition : « ... ou vous serez mariées toutes deux avant qu'il soit peu, ou, ma foi ! vous serez religieuses, j'en fais un bon serment » (sc. 4) ; « Allez vous cacher, vilaines ; allez vous cacher pour jamais » (sc. 17).

Cet éclairage du personnage limite singulièrement la portée de la leçon finale qu'il entend donner aux Précieux de tous bords. Il n'est peut-être pas tout à fait sûr que Gorgibus soit le porte-parole de Molière en la matière. Il y a là une ambiguïté que l'on retrouvera notamment avec la platitude bourgeoise du « bonhomme Chrysale » dans *les Femmes savantes*. Derrière la marionnette caricaturale, c'est un caractère qui s'esquisse, sur lequel Molière reviendra dans un grand nombre de ses pièces futures.

Aminte et Polixène : masques et réalités

Telles qu'elles sont présentées, Magdelon et Cathos sont de pauvres filles, intellectuellement et moralement perverties par des lectures qu'elles confondent avec la réalité. Délire roma-nesque, folie des grandeurs, schizophrénie chronique, rien ne manque à leur portrait. Avec des contextes de départ un peu différents, elles pourraient donner plus tard Emma Bovary, Mme Verdurin, Marie-Chantal ou même les midinettes qui sont

Portrait de Julie d'Angennes (l'une des filles
de la marquise de Rambouillet) en costume d'Astrée.
Détail d'un tableau de Claude Deruet (1585-1660),
musée des Beaux-Arts, Strasbourg.

les proies favorites du « courrier du cœur » et des romans sentimentaux à la mode. Pour Molière, la dérision seule peut sanctionner ce dévoiement.

Revendications féministes

Derrière ces masques fardés et luisants d'artifices cosmétiques pourraient toutefois se cacher des conflits et des drames intérieurs, des blessures secrètes. Le mariage, d'abord : est-ce vraiment folie de refuser des unions arrangées, imposées, « où le cœur n'entre pas » ? Les raisons alléguées par les deux Précieuses sont certes empruntées aux romans qu'elles ont lus, mais le problème reste entier : « Le moyen de bien recevoir des gens qui sont tout à fait incongrus en galanterie ? » Ridicule indéniable d'un côté (mais peut-être ce ridicule ne tient-il qu'à l'expression), juste revendication féministe de l'autre — même si, l'instant d'après, Magdelon et Cathos vont se pâmer devant le geai paré des plumes du paon (Mascarille, plagiaire du Précieux).

Quelles sont les perspectives d'avenir pour ces deux bourgeoises : « salles basses », soins du ménage... rien de vraiment exaltant dans ce tableau qui sera précisé par Chrysale *(les Femmes savantes)* :

« Former aux bonnes mœurs l'esprit de ses enfants,
Faire aller son ménage, avoir l'œil sur ses gens,
Et régler la dépense avec économie... » (II, 7).

Quant à la culture intellectuelle, les femmes sont priées de la ranger soigneusement et de n'y plus rêver pour se conformer au comportement de leurs aïeules :

« Leurs ménages étaient tout leur docte entretien ;
Et leurs livres, un dé, du fil et des aiguilles,
Dont elles travaillaient au trousseau de leurs filles » *(ibidem).*

Ainsi se trouvait reproduite et conservée pour les générations à venir la mécanique réductrice de l'oppression masculine et sociale en général.

Le malheur d'être provinciale

Le fait d'être « pecques provinciales » aggrave encore cet état de choses. La scène 1 montre assez le mépris condescendant des deux prétendants, brillants représentants des « élites parisiennes ». Comment ne pas comprendre alors le soupir de Magdelon : « ... Paris est le grand bureau des merveilles, le centre du bon goût, du bel esprit et de la galanterie » ? Mascarille a beau jeu de répliquer — et cela n'a vraiment rien de comique : « ... hors de Paris, il n'y a point de salut pour les honnêtes gens » (sc. 9).

C'est que la réalité du temps (l'établissement de l'absolutisme et l'importance grandissante de la Cour) entraînait fatalement à la centralisation et à la prééminence de Paris dans la plupart des domaines. Vivre en province, c'était habiter « un désert » (cf. *le Misanthrope*), se couper du monde, et donc des modes.

Comment échapper ?

Que dire encore de la situation comparée des deux jeunes filles ? Il faut revenir ici sur la rivalité que l'on sent très vite poindre entre les deux cousines à propos de cet espoir — vain — d'échapper à l'inéluctable, espoir si dérisoirement incarné en Mascarille. L'une, Magdelon, est la fille du maître de céans et occupe la position dominante d'héritière en place ; l'autre, Cathos, n'est que la nièce de Gorgibus, probablement sous tutelle, objet à brader au plus vite sans trop regarder sur le preneur. D'où cette lutte de plus en plus sensible, à celle qui captera et retiendra l'attention du faux marquis (sc. 9) : c'est à qui se récriera la première sur les propos du cuistre. Magdelon reprend avec acuité les naïvetés et les bourdes de sa cousine : « Assurément, ma chère » (sc. 9, l. 178) ; « Nous avons été jusqu'ici dans un jeûne effroyable de divertissements » (sc. 9, l. 201-202), lui donnant au passage une leçon de langue précieuse. Mais Cathos n'est pas en reste : « ... les choses ne valent que ce qu'on les fait valoir » (sc. 9, l. 240-241) ; « Le moyen, mon oncle, qu'une fille un peu raisonnable se pût accommoder de leur personne » (sc. 4, l. 9-10). À défaut du marquis, elle se jettera littéralement sur le vicomte : « Pour moi, j'ai un furieux tendre pour les hommes d'épée » (sc. 11, l. 49-50).

Ridicules, nos Précieuses ? Sans aucun doute. Mais aussi pathétiques par moments, émouvantes quelquefois dans la dérision même de leurs rêves de bonheur. Bourgeoises et provinciales, Cathos et Magdelon n'auraient jamais été reçues dans la « Chambre bleue » de Catherine de Vivonne, marquise de Rambouillet. Bourgeoises parisiennes et cultivées, elles pourraient fréquenter le salon de Sapho. D'où le changement de prénoms (Aminte, Polixène) qu'elles cherchent à imposer d'abord auprès d'un Gorgibus borné et satisfait de l'être, d'où leur besoin d'enrichir leur esprit et de progresser intellectuellement, que ce soit par les lectures ou les fréquentations. Mais, conscientes obscurément des pesanteurs sociales qui limitent leur désir d'ascension, leur seul recours reste la géographie précieuse : elles sont condamnées à suivre studieusement du doigt, sur le livre de Madeleine de Scudéry, les chemins mensongers de la Carte de Tendre.

La Carte de Tendre : déclin de la préciosité ?

La Carte de Tendre évoquée par Cathos à la scène 4 (l. 66 à 69) est l'aboutissement des recherches et des débats de la préciosité sur les méandres de la psychologie amoureuse. Elle pourrait aussi marquer le « commencement de la fin », par le style un peu mièvre des commentaires de son auteur, Mlle de Scudéry. Voici l'itinéraire galant des Précieux, tiré du tome premier de la *Clélie* (1654).

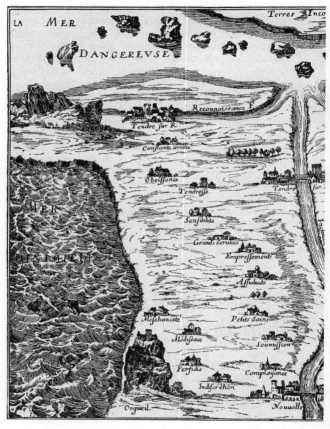

La Carte de Tendre,
ou comment aller de Nouvelle-Amitié à Tendre.

Gravure illustrant le tome I de la *Clélie*. B.N., Paris.

Vous vous souvenez sans doute bien, madame, qu'Herminius avait prié Clélie de lui enseigner par où l'on pouvait aller de Nouvelle-Amitié à Tendre, de sorte qu'il faut commencer par cette première ville qui est au bas de cette carte pour aller aux autres ; car, afin que vous compreniez mieux le dessein de Clélie, vous verrez qu'elle a imaginé qu'on pouvait avoir de la tendresse par trois causes différentes : ou par une grande estime, ou par reconnaissance, ou par inclination ; et c'est ce qui l'a obligée à établir ces trois villes de Tendre sur trois rivières qui portent ces trois noms et de faire aussi trois routes différentes pour y aller. Si bien que, comme on dit Cumes sur la mer d'Ionie et Cumes sur la mer Tyrrhène, elle fait qu'on dit Tendre-sur-Inclination, Tendre-sur-Estime et Tendre-sur-Reconnaissance.

Cependant comme elle a présupposé que la tendresse qui naît par inclination n'a besoin de rien autre chose pour être ce qu'elle est, Clélie, comme vous le voyez, madame, n'a mis nul village le long des bords de cette rivière qui va si vite qu'on n'a que faire de logement le long de ses rives pour aller de Nouvelle-Amitié à Tendre. Mais, pour aller à Tendre-sur-Estime, il n'en est pas de même, car Clélie a ingénieusement mis autant de villages qu'il y a de petites et de grandes choses qui peuvent contribuer à faire naître par estime cette tendresse dont elle entend parler. En effet vous voyez que de Nouvelle-Amitié on passe à un lieu qu'on appelle Grand Esprit, parce que c'est ce qui commence ordinairement l'estime ; ensuite vous voyez ces agréables villages de Jolis Vers, de Billet galant et de Billet doux, qui sont les opérations les plus ordinaires du grand esprit dans les commencements d'une amitié.

Ensuite, pour faire un plus grand progrès dans cette route, vous voyez Sincérité, Grand Cœur, Probité, Générosité, Respect, Exactitude et Bonté, qui est tout contre Tendre, pour faire connaître qu'il ne peut y avoir de véritable estime sans bonté et qu'on ne peut arriver à Tendre de ce côté-là sans avoir cette précieuse qualité. Après cela, madame, il faut, s'il vous plaît, retourner à Nouvelle-Amitié pour voir par quelle route on va de là à Tendre-sur-Reconnaissance. Voyez donc, je vous en prie, comment il faut aller d'abord de Nouvelle-Amitié à Complaisance ; ensuite à ce petit village qui se nomme Soumission et qui touche un autre fort agréable qui s'appelle Petits Soins. Voyez, dis-je, que de là il faut passer par Assiduité, pour faire entendre que ce n'est pas assez d'avoir durant quelques jours tous ces petits soins obligeants qui donnent tant de reconnaissance, si on ne les a assidûment.

Ensuite vous voyez qu'il faut passer à un autre village qui s'appelle Empressement et ne faire pas comme certaines gens tranquilles qui ne se hâtent pas d'un moment, quelque prière qu'on leur fasse et qui sont incapables d'avoir cet empressement qui oblige quelquefois si fort. Après cela vous voyez qu'il faut passer à Grands Services et que, pour marquer qu'il y a peu de gens qui en rendent de tels, ce village est plus petit que les autres. Ensuite il faut passer à Sensibilité, pour faire connaître qu'il faut sentir jusqu'aux plus petites douleurs de ceux qu'on aime.

Après il faut, pour arriver à Tendre, passer par Tendresse, car l'amitié attire l'amitié. Ensuite il faut aller à Obéissance, n'y ayant presque rien qui engage plus le cœur de ceux à qui on obéit que de le faire aveuglément ; et, pour arriver enfin où l'on veut aller, il faut passer à Constante Amitié, qui est sans doute le chemin le plus sûr pour arriver à Tendre-sur-Reconnaissance.

Mais, madame, comme il n'y a point de chemins où l'on ne se puisse égarer, Clélie a fait, comme vous le pouvez voir, que si ceux qui sont à Nouvelle-Amitié prenaient un peu plus à droite ou un peu plus à gauche, ils s'égareraient aussitôt ; car, si au partir de Grand Esprit, on allait à Négligence que vous voyez tout contre sur cette carte, qu'ensuite continuant cet égarement on aille à Inégalité ; de là à Tiédeur, à Légèreté et à Oubli, au lieu de se trouver à Tendre-sur-Estime on se trouverait au lac d'Indifférence que vous voyez marqué sur cette carte et qui, par ses eaux tranquilles, représente sans doute fort juste la chose dont il porte le nom en cet endroit. De l'autre côté, si, au partir de Nouvelle-Amitié, on prenait un peu trop à gauche et qu'on allât à Indiscrétion, à Perfidie, à Orgueil, à Médisance ou à Méchanceté, au lieu de se trouver à Tendre-sur-Reconnaissance, on se trouverait à la mer d'Inimitié où tous les vaisseaux font naufrage et qui, par l'agitation de ses vagues, convient sans doute fort juste avec cette impétueuse passion que Clélie veut représenter.

Ainsi elle fait voir par ces routes différentes qu'il faut avoir mille bonnes qualités pour l'obliger à avoir une amitié tendre et que ceux qui en ont de mauvaises ne peuvent avoir part qu'à sa haine ou à son indifférence. Aussi cette sage fille voulant faire connaître sur cette carte qu'elle n'avait jamais eu d'amour et qu'elle n'aurait jamais dans le cœur que de la tendresse, fait que la rivière d'Inclination se jette dans une mer qu'on appelle la Mer dangereuse, parce qu'il est assez dangereux à une femme d'aller un peu au delà des dernières bornes de l'amitié ; et elle fait ensuite qu'au delà de cette Mer, c'est ce que nous appelons « Terres inconnues », parce qu'en effet nous ne savons point ce qu'il y a et que nous ne croyons pas que personne ait été plus loin qu'Hercule ; de sorte que de cette façon elle a trouvé lieu de faire une agréable morale d'amitié par un simple jeu de son esprit, et de faire entendre d'une manière assez particulière qu'elle n'a point eu d'amour et qu'elle n'en peut avoir.

On peut évidemment s'interroger sur cette « fin de voyage » : la frustration serait-elle l'ultime avatar de l'érotisme précieux ?

L'œuvre, l'auteur
et les critiques

Molière joue et gagne

Dans le numéro du 6 décembre 1659 de son journal, *la Muse historique,* le gazetier Loret atteste le triomphe remporté par la pièce.

Cette troupe de comédiens
Que Monsieur avoue être siens
Représentant sur leur théâtre
Une action assez folâtre,
Autrement un sujet plaisant,
À rire sans cesse induisant
Par des choses facétieuses,
Intitulé *les Précieuses,*
Ont été si fort visités
Par gens de toutes qualités,
Qu'on n'en vit jamais tant ensemble
Que ces jours passés, ce me semble,
Dans l'Hôtel du Petit-Bourbon.
Pour ce sujet, mauvais ou bon,
Ce n'est qu'un sujet chimérique,
Mais si bouffon et si comique,
Que jamais les pièces du Ryer,
Qui fut si digne du laurier, [...]
N'eurent une vogue si grande,
Tant la pièce semble friande,
À plusieurs, tant sages que fous.
Pour moi, j'y portai trente sous,
Mais, oyant leurs fines paroles,
J'en ris pour plus de dix pistoles.

Un an avant la mort de Molière, en 1672, un critique qui écrivait dans *le Mercure galant,* Donneau de Visé (1638-1710), voit avec justesse dans *les Précieuses ridicules* l'origine de la grande carrière de l'auteur.

Il connut par là les goûts du siècle, il vit bien qu'il était malade et que les bonnes choses ne lui plaisaient pas. Il apprit que les gens de qualité voulaient rire à leurs dépens, qu'ils voulaient que l'on fît voir leurs défauts en public, qu'ils étaient les plus dociles du monde et qu'ils auraient été bons du temps où l'on faisait pénitence à la porte des temples, puisque, loin de se fâcher de ce que l'on publiait leurs sottises, ils s'en glorifiaient ; et de fait après que l'on eut joué *les Précieuses,* où ils étaient et bien représentés et bien raillés, ils donnèrent eux-mêmes avec beaucoup d'empressement à l'auteur dont je vous entretiens des mémoires de tout ce qui se passait dans le monde et des portraits de leurs propres défauts et de ceux de leurs meilleurs amis, croyant qu'il y avait de la gloire pour eux que l'on reconnût leurs impertinences dans ses ouvrages et que l'on dît même qu'il avait voulu parler d'eux ; car vous savez qu'il y a certains défauts de qualité dont ils font gloire et qu'ils seraient bien fâchés que l'on crût qu'ils ne les eussent pas. Notre auteur, ayant derechef connu ce qu'ils aimaient, vit bien qu'il fallait qu'il s'accommodât au temps, ce qu'il a si bien fait depuis qu'il en a mérité toutes les louanges que l'on n'a jamais données aux plus grands auteurs. Jamais homme ne s'est jamais si bien su servir de l'occasion, jamais homme n'a su si naturellement décrire, ni représenter les actions humaines et jamais homme n'a su si bien faire son profit des conseils d'autrui.

Les Précieuses ridicules, une simple farce ?...

Les Précieuses ridicules, quoique ce ne fût qu'un acte sans intrigues, firent une véritable révolution : l'on vit, pour la première fois sur la scène, le tableau d'un ridicule réel et la critique de la société. Le jargon des mauvais romans, qui était devenu celui du beau monde, le galimatias sentimental, le phébus des conversations, les compliments en métaphores et en énigmes, la galanterie ampoulée, la richesse des flux de mots, toute cette malheureuse dépense d'esprit pour n'avoir pas le sens commun fut foudroyée d'un seul coup.

La Harpe, *Lycée*, 1799.

Molière est allé beaucoup plus loin que la farce, mais ce genre convenait à son génie, il aimait peindre en grand, à fresque comme il dit lui-même, accuser l'idée comique franchement, forcer les traits et les gestes, presser le mouvement, gagner le rire d'assaut. Il règne dans ces *Précieuses ridicules* un air de grandeur comique qui étonna, dans un mouvement de brusquerie héroïque et burlesque, parmi les appels de pieds, les renversements de torse, les répliques sonnantes. Ce ballet ridicule où la raison se disloquait en fantaisie éveilla chez les spectateurs un plaisir nouveau mêlé de reconnaissance.

Ramon Fernandez, *Vie de Molière*, Gallimard, 1930.

... Ou une satire de l'actualité ?

C'est l'élite tout entière qui opère, au nom de sa morale, les nettoyages et les purges nécessaires à sa santé ; ce n'est jamais d'un point de vue extérieur à la classe dirigeante qu'on moque les Marquis ridicules ou les Plaideurs ou les Précieuses ; il s'agit toujours de ces originaux inassimilables par une société policée et qui vivent en marge de la vie collective. [...] Cette satire interne [...] traduit l'action répressive que la collectivité exerce sur le faible, le malade, l'inadapté ; c'est le rire impitoyable d'une bande de gamins devant les maladresses de leur souffre-douleur.

Jean-Paul Sartre, *Situations II,* « Qu'est-ce que la littérature ? », Gallimard, 1947.

Quant aux précieuses ou aux femmes savantes, leur ridicule naît en grande partie de la disproportion qui existe entre leur rang et leurs visées. Gorgibus et Chrysale, définissant leur véritable milieu, qui est tout médiocre, les font apparaître avant tout comme des bourgeoises singeant les grandes dames. C'était là un élément de comique encore plus fortement perceptible à cette époque qu'aujourd'hui. Ce n'est pas que Molière n'ait ridiculisé dans les précieuses certains traits empruntés à une philosophie incontestablement aristocratique, et notamment la spiritualité romanesque. Mais il embourgeoise ces idées pour les rendre ridicules, les imprègne de médiocrité roturière, les présente comme des modes vieillies mal imitées par un monde inférieur [...].

Paul Bénichou, *Morales du Grand Siècle*,
Gallimard, 1948.

Dès le début de la farce, les précieuses doivent être des provinciales, c'est une condition de la vraisemblance. Par la suite, Molière a insisté à de nombreuses reprises sur cette qualité de Cathos et de Magdelon sur laquelle repose toute la mystification. Cette insistance ne résulte pas d'un prétendu remaniement superficiel et tardif qui, pour calmer les oppositions, aurait transformé des précieuses parisiennes en provinciales ; elle découle d'une exigence que l'auteur ne pouvait ignorer sans faire de sa pièce un tissu de chimères et d'absurdités. Chaque allusion à l'origine toute fraîche des jeunes filles est une excuse, ou une explication, de leur sottise et de leur naïveté.
Elles sont prêtes à accueillir ingénument un inconnu qui se fait passer pour marquis et qui les éblouit par sa faconde et ses grands airs, ce qui eût été incroyable de la moindre bourgeoise du Marais ou même de la rue Quincampoix. À partir de là, toute une partie de la conversation va couler de source.

René Lathuillère, *la Préciosité. Étude historique et linguistique*,
Droz, 1966.

Molière, dans ce petit ouvrage, se montre à découvert. Il est tout à fait dégagé. La puissance de son génie entre en jeu. Dès l'attaque, c'est le grand ton fort, la grande allure bondissante, la réplique nombreuse, la plongée à pic au cœur du sujet et du personnage ; cette verve vibrante aux ondes courtes ou allongées qui, bien canalisée, bien dirigée, emporte tout. Le sujet est pris en pleine vie de l'époque. Les gens de salon sont tirés sur les planches. À qui et à quoi s'attaque-t-on ? Aux corruptions de l'esprit qui menacent le cœur, au faux goût, à la pensée difforme, au mauvais parler, à la singerie, aux coteries, aux marquis, aux « grands comédiens ». D'un seul coup. Du premier coup. Le tout couronné, comme il sied sur un tréteau, de déshabillage et de bastonnade.

Jacques Copeau, *Registres II*, « Pratique du théâtre »,
Gallimard, 1976.

D'abord, un spectacle !

La grande nouveauté réside dans l'élément satirique. *Les Précieuses* ne sont pas une satire, mais le choc explosif de la farce et de la satire leur a valu une gloire immédiate. Le dynamisme de cet acte court tient au développement de la situation, au déploiement accéléré du caractère, mais on y sent encore aujourd'hui l'abattage d'un acteur, la truculence d'un pitre, Molière, et de son faire-valoir, Jodelet. Pourtant, Molière a fait des progrès étonnants depuis *l'Étourdi*, Mascarille ne fait plus le vide autour de lui. Monsieur Loyal rageur, Gorgibus soutient le ridicule en demi-ton des deux donzelles. Alors, Mascarille entre en piste, clown au masque rubicond sous la monstrueuse perruque couronnée du minuscule chapeau décrit par Mlle Des Jardins, engoncé dans ses flots de rubans et sa tuyauterie de canons, glapissant dans sa chaise, secoué par ses porteurs, littéralement versé sur la scène, il roule, se redresse, se trémousse, fait le brouhaha sur la scène et dans la salle.

Alfred Simon, *Molière, une vie*, la Manufacture, 1988.

Avant ou après la lecture

Dissertations

1. On a souvent dit que *les Femmes savantes* amplifiaient partiellement les situations et les critiques des *Précieuses ridicules*. Vous donnerez votre opinion à ce sujet, en vous appuyant sur des exemples précis tirés de ces deux œuvres.

2. « La préciosité, écrivait Daniel Mornet, était l'expression d'une vie mondaine dont Molière n'a pas triomphé. » Que pensez-vous de cette réflexion ?

3. Une partie des idées exprimées sur l'amour et le mariage par les Précieuses sont à mettre au compte de Molière. Vous essaierez de dégager les grandes idées de l'auteur à ce propos, en vous référant aux autres œuvres que vous connaissez.

4. Comme beaucoup de pièces de Molière, *les Précieuses ridicules* sont à la fois datées et éternelles. Sur la base des thèmes abordés dans la pièce (amour, mode, classes sociales), donnez votre point de vue.

5. Bouffonnerie et sérieux dans *les Précieuses ridicules*.

Mises en scène et exposés

1. Dans le cadre d'un groupe de travail, éventuellement autonome, étudier et proposer une mise en scène de l'ensemble de la pièce. (L'idéal serait ensuite de passer à l'acte... et de monter la pièce.)

2. Étude précise du costume, du mobilier et des éclairages pour une mise en scène de la pièce, transposée dans la société d'aujourd'hui.

3. Le rôle et l'importance de la mode dans le monde contemporain, en fonction des domaines abordés dans *les Précieuses ridicules*.

4. *Les Précieuses ridicules*, par leur caricature d'un certain jargon, sont une étude sur les divers aspects de la communication. Sous la forme d'un exposé ordonné, proposer quelques transpositions contemporaines.

5. Les snobs d'hier et d'aujourd'hui.

6. La Carte de Tendre : mode d'emploi (à la manière de Georges Pérec ou dans le style généralement employé par les guides touristiques).

7. Amour précieux et amour courtois.

Commentaires composés ou linéaires

Voir les « guides de lecture », qui proposent un plan d'étude pour chaque scène importante ou groupe de scènes formant un ensemble.

Bibliographie

Édition

Molière, œuvre complète, présentée et annotée par Georges Couton, Bibliothèque de la Pléiade, Gallimard, 1971.

Molière

Antoine Adam, *Histoire de la littérature française au XVIIᵉ siècle*, tome III, Éditions mondiales, 1974.

Paul Bénichou, *Morales du Grand Siècle*, Gallimard, 1948 ; « Folio Essais », 1988.

René Bray, *Molière, homme de théâtre*, Mercure de France, 1954.

Gérard Defaux, *Molière, ou les Métamorphoses du comique*, French Forum, Lexington, 1980.

René Jasinski, *Molière*, Hatier, 1970.

Charles Mauron, *Des métaphores obsédantes au mythe personnel*, José Corti, 1964.

Alfred Simon, *Molière par lui-même*, Seuil, 1957.

La préciosité

Abbé de Pure, *la Précieuse ou le Mystère des ruelles*, Droz (réédition), 1938.

Éva Avigdor, *Coquettes et Précieuses*, Nizet, 1982.

René Bray, *la Préciosité et les Précieux*, Albin Michel, 1948.

René Lathuillère, *la Préciosité. Étude historique et linguistique*, Droz, 1966.

Georges Mongrédien, *les Précieux et les Précieuses*, Mercure de France, 1963.

Petit dictionnaire pour commenter *les Précieuses ridicules*

adjectif substantivé : adjectif employé comme nom par adjonction d'un article : « le doux », « le tendre », etc.

alexandrinisme *(n. m.)* : expression raffinée et subtile à l'excès, chère aux poètes d'Alexandrie de l'époque hellénistique (IVᵉ-IIIᵉ s. av. J.-C.). Ce courant est l'un des ancêtres de la préciosité.

antiphrase *(n. f.)* : mot ou groupe de mots employés dans le sens opposé à leur sens courant : « Votre réputation vous attire cette méchante affaire. »

antithèse *(n. f.)* : rapprochement de termes ou d'expressions qui expriment des idées opposées. Elle peut être artificielle et forcée : « J'ai une délicatesse furieuse pour... », ou comique : « Je vous ferai un impromptu à loisir... »

antonomase *(n. f.)* : substitution d'un nom propre à un nom commun, ou de l'expression d'une qualité à l'être qui en est pourvu : « Je vois bien que c'est un Amilcar. »

catachrèse *(n. f.)* : détournement du sens propre d'un mot : « Ces plumes sont effroyablement belles. »

chanson *(n. f.)* : pièce sentimentale et galante, mise en musique. Genre ancien de la littérature française, remis à la mode par la préciosité.

cliché *(n. m.)* : métaphore usée par une utilisation trop fréquente. Certains ont été lancés par la préciosité : « Le soleil est le flambeau du jour » (*Grand Dictionnaire des Précieuses*, Somaize).

comédie *(n. f.)* : au XVIIᵉ siècle encore, peut désigner le genre théâtral dans sa totalité : « Je m'offre à vous mener l'un de ces jours à la comédie. »

commedia dell'arte *(n. f.)* : comédie à l'italienne, dont le texte est improvisé par les acteurs à partir d'un canevas.

comparaison *(n. f.)* : mise en parallèle de deux mots ou expressions grâce à un terme comparatif : « Comme un pauvre mouton, je vous regarde. »

emphase *(n. f.)* : utilisation abusive du style soutenu : « Voici un autre coup qui me perça de part en part. »

énigme *(n. f.)* : courte pièce en vers décrivant une personne ou un objet qu'il s'agit de deviner.

épigramme *(n. f.)* : petit poème satirique tournant quelqu'un en ridicule ou en dérision.

épopée *(n. f.)* : longue pièce de vers ou de prose, éventuellement en plusieurs chants ou chapitres, célébrant les exploits d'un héros ou d'un grand homme : ex. *la Pucelle,* de Chapelain, consacrée à Jeanne d'Arc, ou *la Chanson de Roland.* (Adj. dérivé : épique.)

euphuisme *(n. m.)* : mouvement littéraire né en Angleterre, à la suite d'un roman de John Lily, dont le héros s'appelle Euphues (1579-1581). L'un des précurseurs européens de la préciosité.

farce *(n. f.)* : genre théâtral utilisant des effets comiques assez simples (mimiques, coups de bâton, grands gestes, jeux de mots, etc.).

gongorisme *(n. m.)* : mouvement littéraire espagnol baptisé d'après le nom d'un poète espagnol du début du XVIIᵉ siècle, Luis de Góngora. Autre précurseur européen de la préciosité.

hyperbole *(n. f.)* : mise en valeur d'une idée par l'exagération : « Que voilà un air qui est passionné ! Est-ce qu'on n'en meurt point ? »

image *(n. f.)* : figure de style par laquelle un mot ou un groupe de mots en évoquent un autre, pour des raisons d'analogie ou de similitude : « Votre œil en tapinois me dérobe mon cœur. »

impromptu *(n. m.)* : très bref poème improvisé immédiatement lors d'un événement particulier.

intensif *(n. m.)* : particule ou mot destinés à renforcer la valeur d'une notion exprimée. « Furieusement » et « terriblement » sont les intensifs préférés des Précieux et des Précieuses.

libelle *(n. m.)* : écrit bref, de caractère généralement très satirique, voire diffamatoire. De nombreux libelles furent publiés sous la Fronde contre Mazarin et ses partisans (les mazarinades).

madrigal *(n. m.)* : poème assez court et spirituel consacré à une déclaration amoureuse, ou, plus généralement, à un problème de psychologie galante.

marinisme *(n. m.)* : mouvement littéraire né en Italie, à l'imitation des œuvres de Marino Marini, qui fréquenta un temps l'hôtel de Rambouillet. Son influence est perceptible dans la préciosité française.

mazarinade *(n. f.)* : pamphlet ou libelle dirigés contre le cardinal Mazarin, premier ministre d'Anne d'Autriche. Certaines, très violentes, constituaient de véritables appels au meurtre et à la révolte.

métaphore *(n. f.)* : comparaison elliptique (sans terme comparatif exprimé) fonctionnant par substitution de sens ou transfert analogique : « C'est un brave à trois poils » (la bravoure de Jodelet est comparée à un velours de qualité supérieure). Une métaphore est dite « filée » quand elle est continuée avec insistance (voir la course au mérite, début de la sc. 9).

métathèse grammaticale : permutation des catégories grammaticales et de la place des mots (qualification pour objet qualifié, etc.) : « La brutalité de la saison a furieusement outragé la délicatesse de ma voix » (au lieu de « la saison brutale » et de « ma voix délicate »). Ce procédé, inventé par les Précieux, est resté assez courant.

métonymie *(n. f.)* : dans une expression, substitution d'un terme à un autre, qui lui est uni par un lien logique (contenant au lieu de contenu, effet pour cause, etc.) : « ... vous commandiez deux mille chevaux » (au lieu de « cavaliers »).

néologisme *(n. m.)* : mot nouvellement créé. Certains néologismes de la préciosité sont passés dans notre langue : « pommader », « incontestable », « sympathiser ».

pamphlet *(n. m.)* : œuvre courte (mais plus ample qu'un simple libelle), destinée à critiquer quelqu'un ou quelque chose, en termes plus ou moins violents.

périphrase *(n. f.)* : variété de métonymie, qui remplace un terme simple par sa définition ou son explication : « les commodités de la conversation » au lieu de « fauteuils ». C'est, avec la métaphore, l'une des grandes ressources du langage précieux.

personnification *(n. f.)* : évocation ou description d'une chose par une métaphore laissant supposer qu'il s'agit d'une personne : « ... votre cœur crie avant qu'on l'écorche ».

pétrarquisme *(n. m.)* : mouvement ou tendance littéraire, baptisés d'après le nom du poète italien Pétrarque (1304-1374) et caractérisés par un raffinement parfois excessif dans l'expression des sentiments amoureux. Autre ancêtre de la préciosité.

portrait *(n. m.)* : pièce de vers ou de prose mise à la mode dans les salons littéraires du XVIIᵉ siècle pour décrire une personne physiquement et moralement.

quatrain *(n. m.)* : poème de quatre vers.

rhétorique *(n. f.)* : ensemble des méthodes de composition et des moyens d'expression utiles à l'élaboration d'un énoncé correct ou soutenu.

satire *(n. f.)* : œuvre en prose ou en vers dans laquelle un auteur présente, pour les critiquer, les vices et les travers de ses contemporains ; *les Précieuses ridicules* sont une satire comique de la préciosité.

sizain *(n. m.)* : poème de six vers.

superlatif *(adj. ou n. m.)* : terme qui exprime le degré supérieur d'une chose : « le meilleur » ; par extension, mot ou expression excessifs ou emphatiques : « du dernier bourgeois ».

synecdoque *(n. f.)* : figure de style qui consiste à prendre la partie pour le tout, le genre pour l'espèce, etc., et réciproquement : « Voilà le marquisat et la vicomté à bas. »

tirade *(n. f.)* : dans une pièce de théâtre, long monologue ininterrompu dit par un personnage.

Dans la nouvelle collection
Classiques Larousse

H. C. Andersen : *la Petite Sirène, et autres contes.*

H. de Balzac : *les Chouans.*

P. de Beaumarchais : *le Mariage de Figaro ; le Barbier de Séville.*

F. R. de Chateaubriand : *Mémoires d'outre-tombe* (livres I à III) ; *René.*

P. Corneille : *le Cid ; Cinna ; Horace ; l'Illusion comique ; Polyeucte.*

A. Daudet : *Lettres de mon moulin.*

G. Flaubert : *Hérodias ; Un cœur simple.*

J. et W. Grimm : *Hansel et Gretel, et autres contes.*

Victor Hugo : *Hernani.*

E. Labiche : *la Cagnotte.*

J. de La Bruyère : *les Caractères.*

J. de La Fontaine : *Fables* (livres I à VI).

P. de Marivaux : *l'Ile des esclaves ; la Double Inconstance ; les Fausses Confidences ; le Jeu de l'amour et du hasard.*

G. de Maupassant : *la Peur, et autres contes fantastiques ; Un réveillon, contes et nouvelles de Normandie.*

P. Mérimée : *Carmen ; Colomba ; Mateo Falcone* (à paraître) ; *la Vénus d'Ille.*

Molière : *Amphitryon ; l'Avare ; le Bourgeois gentilhomme ; Dom Juan ; l'École des femmes ; les Femmes savantes ;*

les Fourberies de Scapin ; *George Dandin* ; *le Malade imaginaire* ; *le Médecin malgré lui* ; *le Misanthrope* ; *le Tartuffe.*

Ch. L. de Montesquieu : *Lettres persanes.*

A. de Musset : *les Caprices de Marianne* (à paraître) ; *Lorenzaccio* ; *On ne badine pas avec l'amour.*

Les Orateurs de la Révolution française.

Ch. Perrault : *Histoires ou contes du temps passé.*

E. A. Poe : *Double Assassinat dans la rue Morgue, la Lettre volée.*

J. Racine : *Andromaque* ; *Bajazet* (à paraître) ; *Bérénice* ; *Britannicus* ; *Iphigénie* ; *Phèdre.*

E. Rostand : *Cyrano de Bergerac.*

J.-J. Rousseau : *les Rêveries du promeneur solitaire* (à paraître).

G. Sand : *la Mare au diable* (à paraître).

R. L. Stevenson : *l'Ile au trésor* (à paraître).

le Surréalisme et les alentours (anthologie poétique).

Voltaire : *Candide* ; *Zadig* (à paraître).

(Extrait du catalogue général des *Classiques Larousse.*)

Collection fondée par Félix Guirand en 1933, poursuivie par Léon Lejealle de 1945 à 1968 puis par Jacques Demougin jusqu'en 1987.

Nouvelle édition
Conception éditoriale : Noëlle Degoud.
Conception graphique : François Weil.
Coordination éditoriale : Emmanuelle Fillion,
Marie-Jeanne Miniscloux.
Coordination de fabrication : Marlène Delbeken.
Schéma p. 13 : Thierry Chauchat et Jean-Marc Pau.
Documentation iconographique : Nicole Laguigné.

Sources des illustrations
Agence de presse Bernand : p. 56, 69, 77, 82, 93.
Bulloz : p. 5, 6, 16, 25, 90.
Giraudon : p. 30.
Harlingue-Viollet : p. 110.
Larousse : p. 53, 64, 114 (photo Langlois), 124 et 125.
Lauros : p. 35, 96.
Lauros-Giraudon : p. 9, 19, 87, 120.

COMPOSITION : SCP BORDEAUX.
IMPRIMERIE HÉRISSEY - 27000 ÉVREUX. N° 57909.
Dépôt légal : Mai 1990. N° de série Éditeur : 16940.
IMPRIMÉ EN FRANCE *(Printed in France)*. 871 314 K-Mai 1992.